HEN CHWEDLAU NEWYDD

Blodeuwedd

Olwen

Arianrhod

Nyfain

Dwynwen

Melangell

Ceridwen

Blodeuwedd

Olwen

Arianrhod

Nyfain

Dwynwen

Melangell

Ceridwen

HEN
Chwedlau
NEWYDD

Golwg newydd ar straeon a chymeriadau
sydd ym mêr ein hesgyrn ac yn ddwfn yn ein tir

Angharad Tomos
Bethan Gwanas
Gareth Evans-Jones
Lleucu Roberts
Manon Steffan Ros
Seran Dolma
Heiddwen Tomos

Cyhoeddwyd ac argraffwyd yn 2021 gan
Gwasg y Bwthyn, Caernarfon
gwasgybwthyn@btconnect.com

ISBN 978-1-913996-31-4

Dyluniad y clawr: Siôn Ilar

Cyhoeddwyd gyda chymorth ariannol
Cyngor Llyfrau Cymru.

cynnwys

Blodeuwedd

Olwen

Arianrhod

Nyfain

Dwynwen

Melangell

Ceridwen

BLODEUWEDD

Angharad Tomos

Cymeriad trawiadol ym Mhedwaredd Gainc y Mabinogi
yw Blodeuwedd. Fe'i crëwyd o flodau gan y dewiniaid
Gwydion fab Dôn a Math fab Mathonwy a hynny ar gyfer
Lleu Llaw Gyffes. Tynghedwyd gan Arianrhod, mam Lleu,
na châi fyth wraig o gig a gwaed ac, o'r herwydd, crëwyd
Blodeuwedd. Er hyn, gydag amser, mae Blodeuwedd
yn cymryd at arglwydd Penllyn, Gronw Pebr, ac mae'n
godinebu ag ef. Datblyga hyn yn gariad. Yn dilyn hynny,
mae'r ddau'n cynllwynio i ladd Lleu er mwyn iddynt fedru
bod gyda'i gilydd. Gŵyr Blodeuwedd nad yw'n hawdd
lladd Lleu, felly llwydda i'w berswadio i ddatgelu'r unig
ddull a fyddai'n sicrhau ei farwolaeth: rhaid iddo ddigwydd
yn y cyfnos, ag yntau ag un droed ar faddon a'r llall yn
sefyll ar gefn gafr ddu wrth ymyl afon, ac mae'n rhaid
iddo gael ei drywanu â gwaywffon arbennig. Gyda hyn,
mae hi a Gronw yn paratoi, ac yn wir, yn llwyddo i anafu
Lleu. Mewn ymateb i hyn y mae Gwydion yn troi Lleu'n

eryr a thry ei olygon ar Blodeuwedd. Mae'n ei dal ac yn
gorchymyn na chaiff ddangos ei hwyneb yng ngolau ddydd
fyth eto ac y caiff fod yn elyn parhaol i'r holl adar. Felly, fe'i
trowyd yn dylluan, i'w harswydo a'i hofni'n dragywydd.

Doedd gan Blod ddim perthynas dda efo'r hwfer.
A deud y gwir, doedd ganddi fawr i ddeud wrth unrhyw
lanhau, roedd o'n wastraff amser. Ers dydd ei phriodas,
roedd wedi ceisio bod yn wraig dda, ond roedd hynny
mor uffernol o ddiflas fel y bu i'r awydd ddiflannu. Po
fwya y dôi i nabod ei gŵr, lleihau wnâi'r awydd i'w
blesio. Roedd o'n foi boring, a dyna fo.

Bu'n hir yn sylweddoli hynny.

Roedd pethau'n go lew tan iddo ddechrau gweld bai
arni.

'Wir, Blod, mae hi fel cwt mochyn yma. Fydd raid i ti
droi ati rywbryd.'

Gorffen ei frecwast oedd o, ac yn crafu'r melynwy
oddi ar y plât. Dim ond gwneud brecwast wedi ei
goginio iddo fo'r oedd Blod, roedd yn gas ganddi fwyd
felly ben bore.

'Dim ots gen i we pry cop,' meddai.

O leiaf roeddent yn gwmni iddi.

'Falle wir, ond mae o'n peri cywilydd i mi. Fedrwn
i wadd neb yma.' Cododd o'i sedd, a rhoi cusan ysgafn
iddi. 'Rho gynnig arni, cariad. Fyddi di fawr o dro.
Gwna un stafell ar y tro. Hwyl i ti, fydda i ddim adre tan
bump.'

'Hwyl.'

Gwyliodd Blod ef yn sythu ei dei, codi ei fag a mynd drwy'r drws. 'Run peth roedd o'n ei ddweud bob bore. Clywodd sŵn injan y car yn cychwyn, a hwn oedd yr arwydd iddi hi glirio'r bwrdd. Gydag ochenaid, casglodd y llestri a mynd at y sinc. Llanwodd y bowlen â dŵr poeth, a golchi'r cyfan. Pam oedd Llew yn dweud na allai wadd neb draw? Doedd ganddo ddim ffrindiau i'w gwadd. Dipyn o feudwy ydoedd, a mynd am baned amser cinio efo Dylan oedd y peth mwya beiddgar a wnâi. Yn ei swydd yn y swyddfa inswrans, doedd ganddi ddim syniad beth oedd o'n ei wneud ddydd ar ôl dydd. Doedd hi ddim yn siŵr a wyddai Llew ei hun. Un *number crunsher* arall oedd o, yn troi olwynion yr hen fyd.

Pan soniodd wrth Gaenor roedd ganddi hi ateb syml,

'Gadael o faswn i'n ei wneud.'

'Gadael Llew?'

'Os mai felly ti'n teimlo.'

'Ond dwi wedi ei briodi ... '

'*So what*? Diforshio fo 'de, dyna 'nes i. *Move on* ... '

Roedd gan Gaenor farn ar bob dim tan haul. Hi oedd un o'r ychydig ferched fyddai Blod yn cael sgwrs iawn â nhw. Unig drafferth Gaenor oedd ei bod yn gyndyn o dorri ei gwallt, sydd yn dipyn o broblem efo gwraig yn ei phroffesiwn hi.

'Ginnoch chdi wallt lyfli, Blod ... *really* lyfli. Mae'n bechod rhoi siswrn ynddo.'

A byddai Blod yn mwynhau y profiad o rywun arall yn golchi ei gwallt a'i drin, a châi anghofio diflastod bywyd. Pan soniodd Gaenor am y syniad o adael Llew, roedd o'n syniad beiddgar, cynhyrfus. Ni allai ddisgwyl nes y deuai ei gŵr adre. Mi aeth hi mor bell â llnau'r parlwr. Nid fod Llew wedi sylwi ar hynny, ond roedd yn rhoi teimlad rhinweddol iddi.

Ar ôl iddo orffen ei stecen y noson honno, mentrodd Blod i le dieithr.

'Ron i'n siarad efo Gaenor heddiw.'

'Gaenor?'

'Gaenor Gwallt . . . '

Edrychodd Llew arni yn ofidus. 'Wnes i ddim sylwi, sori. Ydi, mae o'n edrych yn ddel iawn, lot gwell – mae'r steil yn dy siwtio.'

Ochneidiodd Blod. 'Fuon ni'n sgwrsio – amdanat ti.'

Cododd Llew ei ben, ac edrych arni. 'Fi? Pam?'

'Awgrymodd Gaenor ein bod yn gwahanu.'

Nid oedd Blod wedi cael y fath sgwrs o'r blaen, felly ni wyddai beth i'w ddisgwyl, ond yn bendant, doedd hi ddim yn disgwyl yr ymateb a gafodd. Gwenodd Llew, ac yna dechrau chwerthin, tan iddo dagu. Sychodd ei lygaid gyda'r serfiét.

'Ti'n fy ngadael i, Blod bach. A lle fyddet ti'n mynd?'

Doedd gan Blod ddim ateb. Nid oedd ganddi'r syniad lleiaf lle i fynd.

'Wn i ddim . . . dim eto.'

'Be fyddet ti'n ei wneud?'

'Wn i ddim.'

'Does gen ti neb, Blod. Hebof fi, dwyt ti'n neb. Fasa gen ti ddim to uwch dy ben . . . fasa gen ti ddim incwm . . . dim pres, dim bwyd . . . dim dillad.'

Teimlai Blod yn wirion, gan ddifaru ei bod wedi cychwyn y sgwrs. Gaenor a'i syniadau hurt. 'Move on' wir, ond i le? Gwyddai o'r gorau fod yr hyn ddywedai Llew yn wir.

'Felly tro nesa ti'n siarad efo Gaenor, gei di egluro hynny iddi. A deud wrthi am gadw ei syniadau hurt iddi hi ei hun, reit?'

Tawelwch fu yna wedyn tra oedd o'n bwyta ei bwdin, ond daeth ati'n hwyrach a mwytho ei gwddf.

'Be sy'n bod, blodyn? Ddim yn hapus wyt ti?'

'Jest meddwl oeddwn i, Llew,' cyfaddefodd. 'Meddwl oedd 'na fwy i fywyd...'

'Nac oes, does yna ddim, dim ond mewn breuddwydion.'

A cherddodd at y gadair freichiau a dechrau darllen y papur.

Wrth ddarllen y papur, neu gylchgronau yn y lle doctor, roedd Blod wedi darllen am ferched yn gwahanu, ond roedd ganddynt le i fynd iddo fel rheol. Y drwg efo hi, Blod, oedd nad oedd ganddi deulu. Byth oddi ar ei damwain, lle collodd ei chof yn gyfan gwbl, yr unig rai oedd wedi gofalu amdani oedd Llew ac Yncl Gwydion. Ni allai feddwl am neb arall oedd wedi bod yn rhan o'i bywyd. Pan awgrymodd Yncl Gwydion fod y ddau ohonynt yn priodi, ufuddhaodd Blod. Roedd o'n cynnig noddfa a tho uwch ei phen; peth gwirion fyddai gwrthod. Dim ond wedi iddi ddechrau byw efo Llew y gwelodd ei ffaeleddau.

Roedd Yncl Gwydion yn mynd ar ei nerfau erbyn hynny.

Cofiai sgwrs yn rhywle rhywbryd pan mai'r testun trafod oedd mamau yng nghyfraith. Synnodd pawb yn y grŵp pan gyfaddefodd Blod nad oedd ganddi un, a chwarddodd rhai gan ddweud mor ffodus ydoedd. Aeth adref a holi Llew pwy oedd ei fam a chafodd ateb a gofiai hyd heddiw.

'Arianrhod,' meddai Llew.

Meddyliodd Blod enw mor dlws ydoedd, a holodd pryd y bu farw.

'Mae hi'n dal yn fyw ac yn byw yn Ninas Dinlle,' oedd yr unig beth a ddywedodd. Holodd Blod yn ddigon diniwed pam nad oeddent wedi cadw cysylltiad. Edrychodd Llew yn hurt arni a dweud, 'Fasa hi'n dy ladd di tase hi'n dy weld,' ac yna, cerddodd i ffwrdd. Ni chafodd Blod unrhyw eglurhad pellach. Daeth i'r casgliad nad oedd ganddi orffennol, dim ond yr hyn a wyddai Llew amdani, ac yn y modd od hwn, byddai yn dragwyddol glwm wrthi. Fo oedd yr unig dipyn cof oedd ganddi.

Yr un peth oedd wedi peri llawer o ffraeo rhyngddynt oedd mater yr ardd. Tiriogaeth Llew oedd y tu allan i'r tŷ, a doedd o ddim am i Blod ymyrryd o gwbl. Fo oedd yn cadw'r tu allan yn daclus, a lle Blod oedd gofalu am du mewn i'r tŷ. Dyna sut roedd pawb arall yn gwneud, a dyna oedd y rhaglenni garddio ar y teledu yn ei ddangos. Roedd o'n waith trwm, dianghenraid i ferch.

Pan âi Blod allan i roi'r dillad ar y lein, teimlai fod ganddi hawl i fod yn yr ardd, a châi fwynhad di-bendraw. Teimlai yn gwbl gartrefol yno. Pan ddechreuodd gymryd diddordeb mewn tyfu blodau, doedd gan Llew ddim diddordeb o gwbl.

'Ond dwi'n lecio blodau,' meddai hithau.

'Mi bryna i rai i ti, dwi ar fai ddim yn meddwl dod ag ambell i fwnsiad adre i ti. Ddo i â rhai tro nesa ga i betrol.'

Mentrodd Blod ddweud nad dyna oedd ganddi mewn golwg. Eisiau tyfu blodau oedd hi, eu meithrin a gofalu amdanynt.

'Fel 'na mae merched,' meddai Llew yn awdurdodol. 'Gweld pethau ar raglenni garddio, a meddwl fod tyfu blodau y peth hawsaf erioed. Dwyt ti ddim eisiau baeddu dy ddwylo. A 'mond cael eu bwyta gan slygs fyddan nhw. Dwi 'di meddwl y byddai *decking* yn edrych yn neis yn cefn, ac yn arbed lot o drafferth.'

Doedd hyn ddim yn gwneud unrhyw synnwyr, gan fod Llew wedi gorchuddio bron i bob modfedd y tu allan efo tarmac neu gerrig mân. Yr unig beth oedd hi ei eisiau oedd pot neu ddau i roi lliw yma a thraw. Ysgwyd ei ben wnaeth ei gŵr.

'I be ei di i botsian? Fasat ti 'mond yn anghofio eu dyfrio, a dyna un joban arall i mi. Ti ddigon o flodyn dy hun, 'mabi fi,' ac fe'i tawelwyd gan gusan ddi-fflach.

Yn ystod yr amser y dylai fod yn glanhau'r tŷ, dechreuodd Blod fynd am dro, a châi foddhad di-ben-draw yn gwneud hyn. Cerddai i bob man yn y dyffryn, a dysgu myrdd o bethau a dod ar draws amrywiaeth ryfeddol o flodau gwyllt. Pan aeth i'r llyfrgell un dydd, holodd a oedd yna lyfrau am y pwnc, a chafodd lyfr da iawn gan wraig o'r enw Bethan Wyn Jones. Dysgodd fod patrwm i'r tymhorau, a bod tymor i bob blodyn. Mewn dim, roedd ganddi stôr o wybodaeth am lu o wahanol flodau.

Gresyn na fyddai ganddi neb i'w rhannu ag o. Doedd gan Llew ddim diddordeb.

'Dwi wedi canfod yr enw am y blodyn pinc 'na ro'n i wedi bod yn chwilio amdano.'

'Y?'

Uwchben ei sgrin, roedd meddyliau Llew ymhell i ffwrdd.

'Dwi wedi dod o hyd i'r enw.'

'Mmm.'

'Llew?'

'Be sy'n bod, cyw?'

'Y Goesgoch ydi ei enw fo.'

'Deryn?'

'Naci – blodyn ydi o. Mae lot yn meddwl mai chwyn ydi o, ond dwi wrth fy modd efo fo.'

Crychodd Llew ei dalcen,

'Paid â chymryd hyn ffordd rong, Blod, ond ti'm yn meddwl fod y busnes blodau 'ma wedi dechrau mynd ar dy feddwl?'

Doedd y fath syniad ddim wedi dod i feddwl Blod, ond perswadiodd Llew na fyddai'n syniad drwg iddi fynd at y doctor i gael *check-up*. Roedd ei chorff yn iawn, ond falle fod ganddi dipyn o 'issues' efo iechyd meddwl. Setlodd Llew y mater drwy ddweud y byddai'n trefnu apwyntiad ei hun iddi. Nid oedd angen iddi boeni dim.

Profiad newydd oedd i Blod fynd i weld y meddyg. Gan nad oedd yn teimlo'n sâl, ni wyddai yn iawn beth a ddylai'i ddweud wrth y meddyg. Bu'n eistedd am oes nes i rywun egluro ei bod yn rhaid iddi gofrestru er mwyn dangos ei bod wedi cyrraedd. Wedi hanner awr, cyhoeddwyd ei henw, ac aeth i weld gŵr hollol ddieithr.

'Be gaf i ei wneud i chi?' gofynnodd, gan edrych ar sgrin.

'Wn i ddim – y gŵr sydd wedi fy anfon.'

Aeth drwy gyfres o brofion, ond ni welai fod dim o'i le.

'Dydi hynny ddim yn syndod. Dwi wedi bod yn iach fel cneuen ers dwi'n cofio.'

'Yn ôl y nodyn sydd gen i, mae gennych chi dipyn o *issues* efo'ch iechyd meddwl ... Be fasa hynny, *depression*, *anxiety* ... methu cysgu?'

'Dwi 'rioed wedi bod yn dda iawn efo cysgu ... '

'Cyffredin iawn. Mi wna i bresgripsiwn i chi. Cymrwch y tabledi hyn, ac mi fydd o'n help.'

'Dwi ddim eisiau dechrau cymryd tabledi os nad oes raid ... '

'Maen nhw fel arfer yn sortio merched fel chi allan.'

'Diolch,' meddai, heb fod yn siŵr ai dyna oedd yr ateb cywir, ac aeth i'r ciw presgripsiwn.

'Blodeuwedd Gyffes?' meddai'r wraig mewn côt wen yr ochr arall i'r cownter, gan roi bag papur gwyn iddi. Gwenodd Blod arni, a'i gymryd.

''Sach chi'n synnu faint o ferched sy'n cael rheini dyddia hyn,' meddai, 'maen nhw'n rhannu nhw allan fel Smarties.'

'Dwi'n teimlo'n iawn,' meddai Blod, 'y gŵr oedd yn meddwl 'mod i'n "stressed".'

'Tydan ni i gyd?' meddai'r ferch, gan gydymdeimlo.

'Faswn i'n llai *stressed* taswn i ddim yn gorfod gwneud bwyd iddo fo bob nos,' atebodd Blod.

'*Stone Age* ydi hynny. I be 'dach chi'n cwcio? Gadael i Iceland gymryd gofal o hynny ydw i,' a rhannodd gyfrinachau efo Blod nad oedd wedi eu clywed o'r blaen. Gwlad ym Mhegwn y Gogledd fu Iceland tan hynny, ond dywedodd y ferch mai siop yng Nghaernarfon ydoedd, a byddai prydau parod yn llawer mwy o help iddi na thabledi.

Gadawodd Blod y tabledi yng ngwaelod y bag, ac nid edrychodd arnynt eto. Ni ddaethant o'r cwdyn papur hyd yn oed. Ond aeth am y tro cyntaf i Iceland, a bu'n gwsmer rheolaidd yno wedi hynny.

Gan nad oedd ei doniau yn y gegin mor amrywiol â hynny, ddaru Llew ddim gormod o ffwdan eu bod yn byw ar fwydydd parod. Petaen nhw'n digwydd gwahanu yn y dyfodol, byw ar fwyd felly fyddai ei gŵr p'run bynnag, felly doedd o ddim yn ymarferiad ofer. Er na fyddai Llew byth yn caniatáu ysgariad, roedd yn freuddwyd braf i'w chael, a theimlai Blod yn gynnes bob tro y meddyliai am y syniad.

Y fantais fwyaf o ddibynnu ar fwyd parod oedd fod cymaint mwy o amser rhydd ganddi, a darllen neu fynd am dro fyddai Blod. Daeth yn ymwelydd cyson â'r llyfrgell, ac yn ffrindiau efo Anwen oedd wrth y ddesg.

'Llyfr Goronwy Wyn sydd eisiau i chi ei gael nesaf, os ydych chi'n lecio'r math yma o beth,' meddai un dydd. 'Garech i mi ei archebu i chi?'

'Fasa hynny'n glên iawn.'

'Deud wrthoch chi be fasach chi'n ei fwynhau hefyd, os nad ydych chi'n aelod yn barod . . . Gwefan Llên Natur? Adnodd gwych.'

Gwridodd Blod. 'Mae arna i ofn nad ydw i'n dda efo'r math yna o beth . . . ' meddai'n betrusgar.

'Duwch, fasach chi fawr o dro, hogan ifanc fatha chi.'

Penderfynodd Blod ddweud y gwir:

'Fy ngŵr i ydi'r broblem . . . fasa fo byth yn fy ngadael i'n agos at ei gyfrifiadur – na'i iPad. Mae'n deud na faswn i yn ei ddeall.'

'Nabod y siort – maen nhw'n llawer rhy gyffredin,' meddai Anwen. 'Deud wrthoch chi be wnawn ni – mae yna gyrsiau yma yn y llyfrgell i ddysgu pobl ar y we, a gewch chi ddod yma unrhyw adeg i bori ar ein cyfrifiaduron ni. Sut mae hynny'n swnio?'

Gwenodd wrth weld llygaid Blod yn goleuo.

'Fasa hynny'n wych,' atebodd, a gadawodd y llyfrgell yn ysgafndroed. Da ydi merched, meddyliodd.

Gwirionodd Blod ar y wefan Llên Natur, a daeth patrwm i'w diwrnod. Cyn gynted ag yr oedd Llew wedi gadael am y gwaith, byddai Blod yn gwisgo ei chôt ac yn mynd i'r llyfrgell. Roedd wedi dysgu cymaint yn ystod y mis a aeth heibio. Prynodd lyfr bach, a nodi enwau'r planhigion a ddysgodd. Ond nid blodau a thyfiant yn unig oedd 'na, ond meysydd o wybodaeth na wyddai ddim amdanynt cynt. Dros y dyddiau dwytha, roedd wedi cael clywed cân y gog ar ffilm, wedi dysgu am wyfynod megis Teigr y Benfelen a'r Brithyn Llwydolau, wedi sylwi ar lefren, wedi gweld bronwen y dŵr, a gwas y neidr hardd. Byddai'r rhain i gyd yn ei chyffroi, a'r unig beth oedd hi eisiau ei wneud yn syth wedyn oedd mynd am dro. Amlhau wnâi'r pryfaid cop yn ei chartref, a gwariai fwy yn Iceland nag yn unrhyw siop arall. Yn y diwedd, cynigiodd y dyn wrth y til y byddai'n haws iddi gael *home delivery*, ond gwaredu at y syniad a wnaeth gan y byddai hynny'n ei chaethiwo.

Un bore, diflannodd cyn brecwast hyd yn oed. Dim ond iddi gyrraedd i ben y Cilgwyn erbyn saith y bore, a châi glywed cân y gwcw yn glir. Doedd dim tebyg i dawelwch ben bore y dyddiau hynny, pan nad oedd un dyn o gwmpas, dim ond natur wedi meddiannu'r tir. Byddai wedi hoffi siarad efo'r holl bobl eraill ar wefan Llên Natur, ond heb fod yn berchen ffôn ni allai wneud hynny, na thynnu lluniau. Ond wedi bod ar y cwrs cyfrifiadur am gyfnod, dysgodd sut i anfon negeseuon tra oedd yn y llyfrgell. Un person y byddai yn ei ddilyn yn gyson oedd dyn o'r enw Gronw Pebr. Yr hyn a dynnodd ei sylw gyntaf oedd llun a anfonodd o hydd wedi marw ger afon Cynfael, a bu trafodaeth fawr ar hyn ar y wefan. Yn ôl y sôn, roedd wedi gadael i'w gŵn wledda ar gig y carw, ac roedd hyn wedi gyrru'r fejis i fyny'r wal.

Wedi iddi fod yn gohebu ag o am gyfnod, soniodd Gronw y carai ddod draw i'r llyfrgell i'w chyfarfod, ond roedd Blod yn amau y byddai cymdogion busneslyd yn cario clecs. Awgrymodd y byddai'n braf ar ddydd heulog petai'n dod i'w chyfarfod a dywedodd y byddai'n disgwyl amdano wrth Bont y Cim. Pont hynafol oedd Pont y Cim dros afon Llyfni, a man digon o ryfeddod lle nad oedd fawr o neb yn mynd heibio.

Wrth iddi gerdded at y bont, a Mai yn llawn addewid ar bob llaw, gwyddai Blod ei bod yn gwneud rhywbeth na fyddai Llew yn ei hoffi, ac roedd hynny yn haen o bleser ar ben y cynnwrf. Gyda gwres yr haul ar ei hwyneb, ei ffrog ysgafn yn peri iddi deimlo fel pilipala a'i gwallt yn donnau cynnes ar ei gwar, roedd hi'n llawn cariad at bopeth. Ni fu diwrnod mwy perffaith yn ystod y flwyddyn. A phan ddaeth at y bont, dyna lle safai gŵr tal, cydnerth, a daeth tuag ati.

'Gronw?'

'Blodeuwedd . . . '

Cusanodd hi'n ysgafn ar ei gwefusau ac edrychodd arno gan wenu.

'Dwyt ti ddim yn gwastraffu amser, nag wyt?'

'Hardd wyt ti, fedrwn i ddim peidio!'

'Welaist ti le harddach yng Nghymru?'

'Mae o fel y nefoedd. Eistedd – rydw i wedi dod ag eirin gwlanog efo mi,' meddai'r dieithryn. Gwyddai sut i swyno merch.

'Sut gwyddet mai dyna fy hoff ffrwyth?'

Wincio ddaru fo, a'i gwadd i eistedd wrth ei ymyl. Synhwyrodd arogl y ffrwyth, a theimlo meddalwch y croen wrth iddi roi ei dannedd ynddo. Wrth i'r sudd melys orlifo dros ei gên, canfu ei lygaid arni.

'Stopia syllu arna i, yn enw'r Tad.'

Daeth ati a chusanu ei hwyneb a'i chlust.

'Fedra i ddim peidio,' cyfaddefodd, 'ymateb greddfol ydi o.'

Ymateb yn reddfol i'w gilydd wnaethon nhw wedyn, nes roeddent wedi llwyr ddiffygio, a gorweddodd Gronw ar ei gefn yn y gwair.

'Oes 'na beint i'w gael yn agos yma?'

'Fasa raid i ti gerdded ddwy filltir reit dda – fyny i Benygroes, neu lawr tua Dinas Dinlle.'

'Dinas Dinlle – fasa fanna'n lle braf ar ddiwrnod fel heddiw.'

'Wn i ddim, dydw i 'rioed wedi bod yno.' Wrth weld talcen Gronw yn crychu, eglurodd, 'Mae fy ngŵr yn deud y cawn fy lladd petawn yn mynd yno.'

'Gan bwy?'

'Gan fy mam yng nghyfraith.'

'Pa fath o ŵr ydi hwn?'

'Un erchyll.'

Ac wrth gerdded i fyny'r lôn i Benygroes, siaradodd Blod am y tro cyntaf am y berthynas ryfedd oedd ganddi â'i gŵr, a gwrandawodd Gronw mewn syndod.

'Mae o fel rhywbeth allan o chwedl,' meddai yn y diwedd, 'fedri di ddim aros efo dyn fel 'na.'

'Dyna mae Gaenor Gwallt yn ei ddeud.'

'Dynes gall iawn. A be ydi'r lol dy fod wedi cael dam-wain? Iwsio hynny mae o i dy gadw'n garcharor.'

Dim ond cytuno ag o fedrai Blod. A gafaelodd yn llaw Gronw, achos teimlai fel enaid hoff cytûn yr oedd wedi ei nabod erioed.

'Well gen i ti,' meddai'n gwbl onest. 'Dwi'm eisiau aros efo Llew.'

Cawsant sgwrs wallgo wedyn am y ffordd orau o gael gwared ar Llew. Byddai'n well petai Blod wedi crybwyll Yncl Gwydion y pryd hynny, ond wnaeth hi ddim. Roedd y syniad o gael gwared ar Llew wedi ei meddiannu, ac ni allai feddwl am ddim arall. Hunllef oedd byw efo fo. Petai Llew yn peidio â bod, byddai byd cwbl newydd yn agor iddi, a byddai Gronw wrth law i'w charu. Dim ond hynny oedd hi eisiau, rhywun i'w garu, ac i'w charu hi.

Tan y pnawn meddwol hwnnw ym Mhont y Cim, doedd hi ddim wedi profi gwir gariad.

Roedd Llew yn fwy atgas nag arfer y noson honno. Doedd o ddim wedi mwynhau'r penfras mewn saws persli, ac roedd o wedi cael 'uffern o ddiwrnod yn gwaith'. Ni thrafferthodd Blod ei holi am fanylion, roedd ei phen yn llawn o heulwen y pnawn a chusanau Gronw Pebr.

'Dydw i ddim am i ti goginio hwnna eto,' meddai, gan dorri gwynt.

'Iawn, wna i ddim,' atebodd.

'Dwi wedi blino deud wrthot ti am lanhau'r tŷ 'ma hefyd. Fedra i sgwennu f'enw yn y llwch ar y lle tân bellach.'

'Iawn, mi wna i droi ati fory.'

'Be sy'n bod arnat ti – ti'n sâl?'

'Dwi 'rioed wedi teimlo gystal.'

'Gwyddwn y byddai'r tabledi 'na'n gwneud gwyrth-iau.'

Y lembo, meddyliodd Blod wrthi ei hun.

Y tro nesaf iddi weld Gronw, ar draeth Aberdesach rhyw bnawn, roedd yn llawn syniadau.

'Dwi wedi cael yr ateb, Blod. Mae'n syniad mor wych, fethish i gysgu neithiwr.'

Eisteddodd y ddau ar y cerrig, a syllodd Blod ar y môr wrth i Gronw amlinellu ei gynllun.

'Be 'nes i feddwl amdano oedd hudo Llew allan i gaeau rhyw ffarm o gwmpas fan hyn . . .

Ti'n gwrando?'

'Dwi'n glustiau i gyd.'

'*Set-up* fasa fo, ond does dim rhaid iddo deimlo felly. Faswn i'n gallu dod o hyd i ryw le molchi ar lan afon a to uwch ei ben o . . . ti efo fi?'

'Lle dipio defaid ti'n ei feddwl?'

'Ia, unrhyw beth, ond bod yna fàth yna. Wedyn, fasan ni'n dod o hyd i fwch gafr, a'i gael o i sefyll wrth y bàth. Yna, cael Llew i ddod efo ni a gofyn iddo roi un droed ar ochr y bàth a throed arall ar gefn y bwch gafr...'

Ni chlywodd Blod y fath nonsens yn ei byw, ond doedd dim stop ar Gronw.

' . . . a wedyn faswn i'n ei stabio fo efo picell. A mae'r boi yn marw! Blod – ti'n gwrando?'

Edrychodd Blod yn hurt arno.

'Pam ddim jest stabio fo,' gofynnodd, 'ac anghofio gweddill y plot? Fasa fo lot symlach.'

'Yn lle?'

Cododd Blod ei sgwyddau.

'Wn i ddim – fan hyn?'

'A sut mae cael gwared ar ei gorff?'

Edrychodd Blod o'i blaen.

'Lluchio fo i'r môr?'

'Ond fasa fo'n dod yn ei ôl efo'r llanw . . . '

'Ydi o ots?' Hyd y gwelai Blod, cael gwared ar Llew oddi ar y blaned oedd yr unig beth oedd yn cyfrif.

'Fi fasa'r *prime suspect*, 'te?'

Doedd fawr o ots gan Blod am hynny chwaith. Jest cyflawni'r weithred, dim ond hynny oedd yn bwysig.

'Fasa 'na ddim tystiolaeth,' meddai, gan gusanu Gronw mewn modd y gwyddai oedd yn ei yrru yn wallgof. 'Gwna fo er fy mwyn i . . . ' a gadawodd iddo ei charu i'r eithaf.

Wedi iddynt orffen caru, roedd Gronw yn dal i droi'r mater yn ei ben.

'Sut fasan ni'n ei hudo yma?' holodd.

'Mi wna i bicnic i ni'n dau – Llew a fi, a chadwa di o'r golwg. Mi ddof â chyllell efo mi – mae gen i gyllell fara fawr.'

'Gen i rywbeth gwell na chyllell fara, siawns!' meddai Gronw yn ymffrostgar. A chytuno ar hynny a wnaethant. Roedd gogoniant y cynllun yn ei symlrwydd.

Y noson honno, aeth Blod i'r drafferth i goginio pryd cartref i'w gŵr, ar ôl treulio awr a hanner yn glanhau. Doedd yr hwfer ddim yn brofiad mor ddiflas â hynny. Gwyddai ei bod yn hwferio ei llwybr i ryddid.

'Blod,' meddai Llew, wedi gorffen y botel o win, 'roedd hwnna'n bryd hyfryd.'

'Dwi wedi penderfynu troi dalen newydd, Llew,' meddai hithau, yn gwbl sobor. 'Dwi wedi dy esgeuluso di, braidd. Dwi am ymdrechu i fod yn wraig well i ti. Mae'r tŷ 'ma'n edrych yn well wedi i mi droi ati i lnau...'

'Chredi di ddim mor falch dwi o glywed hyn, cariad,' meddai. 'A dwi'n addo fory, pan fydda i yn Garej Groes, mi bryna i'r bwnsiad mwya o flodau a wela i. Sws?'

A derbyniodd Blod ei gusan yn ufudd, er ei fod o'n brofiad digon tebyg i gael sws gan lyffant.

Chafodd Blod erioed mo'r tusw o flodau. Roedd wedi anghofio, medda fo, ond gofynnodd Blod iddo wneud rhywbeth i wneud iawn am y blodau.

'Os gwna i bicnic, fasat ti'n dod efo mi?' holodd yn ddiniwed, ar y diwrnod penodedig.

'Picnic? Ond dydan ni ddim yn bobl picnic.'

'Mae pobl eraill yn cael picnics.'

'Ond dim ni. Pobl byta yn deidi ydan ni – wrth fwrdd, efo cyllall a fforc.'

Gwnaeth Blod ei hwyneb tristaf.

'Dwi wedi gwneud picnic, un bach . . . ' meddai. 'Mi wna i bryd iawn i ti pan ddown yn ôl.'

'Ond i lle fasan ni'n mynd?'

'Aberdesach.'

'Aberdesach? Mae fanno'n dwll os bu un erioed. Does 'na ddim byd yna!'

'Wnei di ddod er fy mwyn i?' mentrodd Blod, gan wybod nad oedd Llew yn gwneud dim oni bai ei fod er ei fudd ei hun.

'Ddo i efo ti, ond dwi'm yn mynd i blydi Aberdesach.'

Blydi Aberdesach fydd o, wedi i Gronw orffen efo ti, meddyliodd Blod, ond cadwodd hynny iddi ei hun. Gwenodd yn giwt arno. 'Plis,' meddai, 'i wneud iawn am i ti anghofio'r blodau . . . '

Tuchan wnaeth Llew. Roedd yn teimlo'n anghyfforddus. Bron iawn nad oedd ei wraig yn fflyrtian efo fo.

'Dydan ni ddim yn dathlu na dim byd?' meddai'n amheus.

'Nac ydan.'

'Ti'm yn mynd i ddeud bod chdi'n disgwyl na dim byd stiwpid fel 'na?'

'Nac ydw,' atebodd Blod.

'Pam neud o 'ta?' gofynnodd yn flin.

'Am fod yr haul yn gwenu a bod dy wraig eisiau

picnic yn Aberdesach. Fyddwn ni adre ar ôl awr.'

'A ti'n gaddo – dim syrpreisys?'

'Dim syrpreisys,' atebodd Blod, yn gwybod mai hwnnw oedd y celwydd mwyaf ddywedodd wrth unrhyw un erioed.

'OK,' meddai Llew yn ddiflas. 'Gynta'n y byd awn ni, gynta'n byd ddown ni'n ôl. Ond *one off* ydi hyn, o reit? Dwi ddim eisiau i ti ddechrau gwneud hyn yn aml. Hen rwtsh 'ma sy'n *Woman's Own . . .*'

'*One off*, dwi'n addo, Llew,' atebodd, yn profi'r pleser o gael dweud y gwir unwaith yn rhagor. 'Ac os wnei di brynu magasîn i mi fyth, paid â phrynu *Woman's Own*.'

Lle tawel ydi traeth Aberdesach ar y gorau, a dim ond tonnau'r môr a chrawc y gwylanod sydd i'w clywed. Llwyddodd Blod i ennill peth amser drwy orffen rhoi'r picnic at ei gilydd, ond pan ddechreuodd Llew ymddwyn yn ddiamynedd, gwyddai na allai fforddio gogor-droi ymhellach. Y syniad oedd y byddai Gronw ar y traeth am chwech, ac roedd yn rhaid iddi hi gael Llew yno. Wyddai hi ddim mwy am y cynlluniau.

Trychineb fu'r picnic. Roedd Llew mewn hwyliau drwg ac yn benderfynol nad oedd am fwynhau'r profiad. Daeth Blod â'r fasged ond roedd rhaid mynd yn ôl i'r car i nôl gweddill y bwyd. Cytunodd Llew i gario'r rỳg, ond doedd dim bwrdd picnic ar gael. Doedd eistedd ar gerrig lan môr ddim yn gyfforddus ond mae pobl normal yn derbyn hynny. Pan estynnodd Blod am y treiffl, roedd wedi troi ar ei ochr, ac yn llanast. Aeth i'r drafferth i roi gwahanol bethau ar blât, ond collodd Llew amynedd.

'Duwadd, dim ond dwy frechdan oedd ei angen, doedd dim eisiau'r holl gybóits yma.'

Ataliodd Blod ei hun rhag tuchan. Tase fo 'mond yn sylweddoli mai hwn oedd ei bryd olaf, byddai'n ei werthfawrogi'n well.

'Be ydi hon?'

'Potel win – dy ffefryn.'

'Ond dwi'm yn gallu ei hyfed hi, nac ydw – dwi'n gyrru, ddynes! Sut ti'n meddwl ydan ni'n mynd adref – hedfan?'

Prin y gallai Blod egluro na fyddai'n mynd adref, ond cadwodd y botel yn ôl yn y fasged, a dechrau agor y bag creision.

'Gad yr holl rwtsh yna, a fytwn ni beth sydd ar y plât 'ma. Fasa rhywun yn meddwl bod chdi ar *Bake Off* neu rwbath.'

'Jest tria fwynhau o, Llew, dyna'r cwbl dwi'n ei ofyn. Dwi wedi gwneud ymdrech – rŵan gad inni gael peth pleser ohono fo.'

Ac am unwaith, ddaru Llew ddim ateb yn ôl. Ceisiodd Blod fwynhau blas y bwyd, ond roedd ei chalon yn curo cymaint fel bod ganddi ofn i Llew ei chlywed. Edrychodd ar ei hwats, ac am chwech, doedd 'run enaid byw i'w weld yn unman. Yna, rai munudau'n ddiweddarach, gwelodd ei ffurf yn dod tuag atynt, sbectol haul ganddo, a map yn ei law. Ni thynnodd sylw ato, ond trodd Llew i ddilyn ei threm.

'Ewadd, bod dynol arall,' meddai dan ei wynt. ''Sgwn i be mae hwn isio?'

'Mae o'n dod tuag aton ni,' meddai Blod, gan geisio swnio'n normal.

'Good day,' meddai'r dieithryn. 'I wonder if you could help me?'

'Yes?' meddai Blod. Edrych o'r neilltu wnaeth Llew.

Plygodd Gronw i fod ar yr un lefel â hwy, a gosod y map o'i flaen. 'What's the name of this place?'

'Aberdesach.'

'I couldn't possibly pronounce it. It's this place I want to reach – Pont . . .'

'That's Pontllyfni,' meddai Blod wedyn, bron â cholli ei gwynt, ac yn methu darllen yr olwg ar lygaid ei chariad tu ôl i'r gwydrau tywyll.

'Fine place to have a picnic, sir,' meddai Gronw.

Grwgnach dan ei wynt wnaeth Llew. Roedd yn eithriadol o ddifanars.

'Yes, we don't do this very often, do we, Llew?'

'No.'

Cododd Blod ei llygaid, a gweld Gronw yn tynnu cyllell finiog o'i siaced. Mwya sydyn, roedd y syniad yn troi'n realiti. Ni wyddai Blod beth i'w ddweud na lle i edrych.

'Well, I won't disturb your picnic any more, friends,' meddai, gan roi clap ar ysgwydd Llew. 'I know when I'm not wanted.'

Aeth cryndod drwy gorff Llew, fod y Sais wedi meiddio ei gyffwrdd. Yr eiliad honno, cododd Gronw y gyllell tu ôl iddo, a'i chladdu yng nghefn Llew. Sgrechiodd Blod mewn sioc.

Am eiliad, rhewodd popeth, a gwelodd ofn ar wyneb Gronw. Tynnodd ei sbectol ac edrych yn hurt ar Llew.

Yna, tynnodd y gyllell o'i gefn wrth weld staen yn ymledu dros grys Llew.

'Llew . . . ' meddai Blod, ac roedd yn dal yn fyw. Gwyrodd ei gorff ymlaen a phlygu yn annaturiol ar weddillion y picnic. 'Gronw . . . ' meddai'n wan, 'beth sy'n digwydd iddo?'

Gyda'r chwys yn amlwg ar ei dalcen, cododd Gronw y gyllell eto, a'i gosod yng ngwddf Llew.

Diflannodd sŵn y môr, a syllodd Blod mewn arswyd wrth weld y gwaed yn llifo. Roedd corff ei gŵr yn troi'n llwyd, ac yna'n frech, ac roedd naws bluog i'w groen.

'Gronw . . . '

'Mae o drosodd, Blod,' meddai, a mynd ar ei liniau, gan roi ei wyneb yn ei ddwylo.

Gwyliodd Blod ffurf Llew yn newid fel petai mewn ffilm arswyd. Syllodd ar y staen ar ei gefn, ac fe'i gorchuddiwyd gan blu. Roedd ganddo adenydd, ac wedi iddi edrych ar ei wyneb, wyneb eryr oedd ganddo, a phig aderyn, ac roedd o'n dechrau stwyrian.

Yn reddfol, cododd Blod ar ei thraed a chamu'n ôl. 'Gronw!' gwaeddodd. 'Mae o'n symud!'

Ni allai Gronw gredu ei lygaid wrth weld eryr o faint llawn yn stwyrian, a chan feddwl ei fod am ymosod ar ei gariad, rhedodd ati a gafael amdani. Cododd Blod ei breichiau i amddiffyn ei phen, ond ysgydwodd adenydd yr eryr a chododd yn sydyn.

'NAA!!!' meddai Blod, ond cododd yr eryr ei ben ac esgyn i'r awyr gan hedfan oddi wrthynt.

'Be ar y ddaear . . . ?' meddai Gronw, a throdd Blod ato a chladdu ei phen yn ei gôl. Gwasgodd Gronw hi ato, gan sibrwd, 'Mae o drosodd, cariad, mae o drosodd.'

Cusanodd ei gwallt, a'i mwytho. Ac er bod ei waed yn oer yn ei wythiennau, teimlodd y rhyddhad rhyfeddaf yn dygyfor ei enaid.

Mis o lonydd gafodd y cariadon. Yn ystod y mis hwnnw, profodd Blod wynfyd na chredai ei fod yn bosib. Symudodd y ddau i fflat ym Mhenygroes, ac er nad oedd bywyd hanner mor foethus i'r ddau, roedd pob bore newydd yn wyrth a'u rhyddid yn ymestyn yn un lôn faith o'u blaen.

Nes i bethau fynd o chwith. Daeth y newyddion i glyw Yncl Gwydion, ac roedd o wedi dod o hyd i Llew, ac wedi ei droi'n ôl o fod yn eryr i fod yn ddyn. Roeddent yn benderfynol o gael gafael arni, a gwyddai Blod fod ei dyddiau wedi eu rhifo.

Un bore, gadawodd Gronw yn cysgu'n braf yn y gwely, camodd o'r tŷ, a cherdded i lawr at y llyn yn Dorothea. Yr oedd ar fin camu i'r gwagle a rhoi diwedd ar ei bywyd, ond yna, meddyliodd y gallai gael un cynnig pellach arni, a chamodd yn ôl.

Ni wyddai a oedd hynny'n gamgymeriad ai peidio, ac wrth iddi gerdded yn ôl i Benygroes, pwy ddaeth i'w chyfarfod ond Yncl Gwydion.

Roedd golwg fel y dyn drwg arno, a'r unig beth allai Blod ei wneud oedd cymryd anadl ddofn.

'Rydach chi'n mynd i'm lladd, dwi'n gwybod,' meddai wrtho, gan edrych i'w lygaid.

''Nes i ystyried hynny, ond mae hynny'n rhy hawdd,' meddai'n fygythiol.

Edrychodd Blod arno ac ystyried dyfnder ei chasineb tuag ato. Roedd o'n chwarae efo hi, fel cath efo llygoden.

Roedd o'n defnyddio ei rym drosti, i'r eithaf. Teimlai fel chwydu. Biti iddi beidio â neidio i Lyn Dorothea.

'Be wnewch chi 'ta?' meddai, yn teimlo nad oedd ganddi ddim i'w golli.

'Dwi am dy droi di yn rhith aderyn,' meddai.

Am syniad ciami, meddyliodd Blod. Am rwtsh o syniad, ac mor ddiddychymyg. Dyna'n union oedd wedi digwydd i Llew. A mwya sydyn, roedd y cyfan yn gwneud synnwyr. Fo – Yncl Gwydion – oedd wedi bod tu ôl i drawsffurfiad Llew. Er iddi hi a Gronw feddwl eu bod yn rhydd yn cynllwynio ac yn gweithredu'r cynllun, doedden nhw yn ddim mwy na phypedau yn nwylo'r duwiau.

Chafodd Blod fawr o amser i ystyried y pynciau mawr hyn, achos sylwodd ar ei chroen yn crebachu. Unwaith y gwelodd hyn o'r blaen, a gwyddai yn union beth oedd yn digwydd iddi.

'Na, Yncl Gwydion . . . na – rhowch gyfle i mi, un cyfle arall . . .'

Daeth Gwydion yn nes ati, a gafael yn ei harddwrn. 'Rois i gyfle i ti – fasat ti ddim yn bod oni bai amdana i. Hwnnw oedd dy gyfle di. Mi wnes i dy greu, er mwyn bod yn gymar i Llew, ac edrych y llanast wnest ti ohono. Yr hwren ddigywilydd, ti ddim digon da i'r byd hwn!' Ac wrth ysgyrnygu ei ddannedd, poerodd arni.

Wrth i'w gwallt droi yn blu, gafaelodd Gwydion yn ei gwar a sibrwd yn ei chlust, oedd yn prysur ddiflannu, 'Feiddi di ddim dangos dy wyneb liw dydd a bydd gan yr holl adar eraill dy ofn. Mi wnawn nhw dy gasáu, a'th guro a'th amharchu lle bynnag yr ei. Cei hela llygod weddill dy oes a chanu dy hen dôn wirion i ddod ag anlwc i bawb. Melltith fo ar dy ben, y gwdihŵ wirion!'

Yr eiliad honno, crebachodd coesau Blod yn ddau stwmp bychan, a lledodd crafangau ohonynt. Tyfodd pig siarp ar ei hwyneb, a gorchuddiwyd ei chorff â phlu. Diflannodd ei breichiau, a daeth adenydd yn eu lle.

Felly y terfyna'r gainc hon o'r Mabinogi, ond gan ei bod yn hen chwedl newydd, mi wnawn ni ychwanegu rhyw gymal arall ati, rhyw dro yn y gynffon, fel petai. Oherwydd grym y dewin, ni allodd Blodeuwedd ddadwneud swyn Gwydion, ond mi benderfynodd dalu'n ôl iddo. Bob gyda'r nos, bu'n twhwtian ger ei dŷ, nes gyrru'r dewin i ddibyn gwallgofrwydd. Deuai ar ei hôl yn aml, a chrefu arni i roi'r gorau iddi. Un noson, hedfanodd Blodeuwedd yn agos ato. Dychrynodd Gwydion a mynd ar ei gwrcwd mewn congl. Glaniodd Blodeuwedd ar ei ben, a gwasgu ei chrafangau i'w benglog. A chymaint oedd eithafrwydd ei chynddaredd, gostyngodd ei phen, a chydag un pwniad o'i phig, gwasgodd ei lygad allan o'i soced. Sgrechiodd Gwydion mewn poen, a chafodd Blodeuwedd ddwywaith y pleser yn gwneud yr un peth i'r llygad arall. Dim ond wedi hynny y teimlodd ei bod wedi cael y gorau ohono.

Rŵan, caiff y gainc hon derfynu.

OLWEN

Bethan Gwanas

Yn chwedl arferol Culhwch ac Olwen, Culhwch yw'r arwr sy'n gwneud pob math o dasgau er mwyn cael priodi Olwen, merch Ysbaddaden Bencawr.

Roedd llysfam Culhwch wedi gobeithio y byddai'n priodi ei merch hi, ond gwrthod wnaeth Culhwch am nad oedd hi'n ddigon tlws. Gwylltiodd y llysfam a thynghedu na châi Culhwch briodi neb ond y ferch brydferthaf yn y byd, sef Olwen, ond roedd pawb yn gwybod y byddai Ysbaddaden yn marw petai ei ferch yn priodi, a'i fod yn gawr gwirioneddol anferthol, cas a chreulon oedd yn lladd unrhyw ddyn a fyddai'n meiddio gofyn am ei llaw hi. Ond roedd gan Culhwch gefnder: y Brenin Arthur, a chyda'i help o a nifer o'i filwyr (yn cynnwys Bedwyr a Cai), llwyddodd Culhwch i ddod o hyd i gastell Ysbaddaden. Wedi bargeinio caled, cytunodd y cawr i adael iddo briodi Olwen, ond gan osod amod: byddai'n rhaid i Culhwch gyflawni deugain o dasgau yn gyntaf, rhai hynod o beryglus a gwallgof, fel dal

*y Twrch Trwyth (baedd gwyllt hynod beryglus) a dwyn
y grib, y siswrn a'r rasel oedd ar ei ben, a chasglu gwaed y
Wrach Ddu. Llwyddodd Culhwch a'i gyfeillion i gwblhau
pob tasg, yna lladd Ysbaddaden fel bod Olwen yn rhydd i
briodi.*

*Yn anffodus, ychydig iawn o Olwen sydd yn y chwedl
arferol, dim sôn am ei theimladau (ar wahân i'r ffaith ei bod
yn ffansïo Culhwch ar ôl ei weld), dim gair am ei pherthynas
â'i thad, a'r cwbl mae hi'n ei wneud mewn gwirionedd yw
aros adre tra mae'r dynion yn cael yr anturiaethau i gyd.
A dweud y gwir, ychydig iawn mae Culhwch yn ei wneud
hefyd; Arthur a'i filwyr sy'n cyflawni'r rhan fwyaf o'r
tasgau.*

Dyma gyfle felly i roi llais i Olwen.

Rhythodd y ferch fach ar y dorch yn nwylo ei nain.
Roedd hi'n sgleinio'n gynnes felyngoch yng ngolau'r
tân, a'r gemau crynion oedd ynddi yn wincio arni'n
goch, pinc a phorffor, yn ei hudo tuag atynt. Estynnodd
ei bysedd bach tewion tuag at y dorch.

'Na, sycha dy ddwylo yn gynta,' meddai ei nain.
'Dwi'm isio baw ar hon.'

Rhwbiodd y ferch ei dwylo ar ei gwisg syml, frown
a'u dangos i'w nain eu harchwilio.

'Iawn, bydd yn ofalus rŵan, mae hi'n hen, ac yn
werth mwy na'r holl anifeiliaid yn y pentre i gyd efo'i
gilydd.'

'Be ydi hi?' sibrydodd y ferch wrth deimlo pwysau'r
dorch yn ei dwylo.

'Torch aur coch Olwen.'

'Be? Yr Olwen oedd yn y stori? Yr un oedd yn gadael llwybr o flodau meillion gwynion lle bynnag roedd hi'n mynd?'

'Ia, dyna ti. Yr Olwen gynta erioed.'

Gwenodd y ferch fach a chyffwrdd y gemau cochion yn ofalus gyda blaenau ei bysedd. Roedden nhw mor llyfn, ac yn oer braf. Dychmygodd Olwen ei hun yn eu cyffwrdd gyda blaenau ei bysedd hirion, gwynion hithau. Yna, crychodd ei thalcen.

'Ond – dwi'm yn dallt. Pam fod torch aur Olwen gynnoch chi, Nain?'

'Fy hen, hen, hen nain i oedd ei morwyn hi, w'sti: Gwen Gam.'

'Pam? Oedd hi'n gam?'

'Mewn ffordd. Roedd ganddi un goes yn hirach na'r llall, mae'n debyg. Ond ta waeth, chafodd Olwen ddim plant, ti'n gweld, neb i basio'i thrugareddau ymlaen iddyn nhw, felly mi roddodd hi'r dorch hon i Gwen, am ei bod hi'n meddwl y byd ohoni.'

'Am eu bod nhw'n ffrindiau . . . '

'Dyna ti. Ac ers hynny, mae hi'n cael ei phasio i lawr drwy'n teulu ni, a ti fydd pia hon pan fydda i wedi trigo.'

'Fi? Go iawn?'

'Go iawn, a gofala di edrych ar ei hôl hi wedyn.'

'Mi wna i ei gwisgo hi bob dydd!'

'O, na wnei, wnei di ddim. Neu mi fydd rhywun yn siŵr o geisio ei dwyn hi. Na, mae'n bwysig ei chadw'n gyfrinach, a'i chadw hi o'r golwg. Mi gei di edrych arni faint fynni di, pan fydd neb arall o gwmpas, ac yna ei phasio 'mlaen i dy ferch neu dy wyres di pan ddaw'r amser.'

'Ei chadw hi o'r golwg?'

'Ia, yn union fel y gwnaeth tad Olwen, Ysbaddaden Bencawr, gadw Olwen o'r golwg. Doedd o ddim isio i neb ei dwyn hi chwaith.'

'Ond ... mae'n dorch mor hardd, Nain! Mae'n bechod ei chadw hi o'r golwg, ydi ddim?' meddai'r ferch fach gan osod y dorch yn ofalus am wddf ei nain. 'Edrychwch! 'Dach chi'n edrych fel brenhines rŵan!'

Gwenodd yr hen wraig a thynnu'r dorch.

'Na, rho hi'n ôl yn y cadachau 'na, 'mechan i; dwi'n rhy hen a rhy hyll i'w gwisgo hi.'

''Dach chi'm yn hyll, siŵr! 'Dach chi'n dlws, Nain!'

'Ha! Chwarae teg i ti!' chwarddodd yr hen wraig. 'Wnest ti ddim gwadu 'mod i'n hen, felly!'

'Naddo, achos 'dach chi'n nain, tydach?' meddai'r ferch fach, gan ddechrau lapio'r dorch yn araf, araf yn y cadachau. Roedd hi'n gyndyn iawn i roi rhywbeth mor hardd yn ôl yn y cysgodion. 'Ond roedd y cawr, Ysbaddaden Bencawr, yn hen ac yn hyll, doedd?' meddai, wedi rhoi'r parsel cadachau yn ôl yn ei focs pren yn y twll yn y llawr pridd. 'Ac yn ofnadwy o gas a chreulon, a Cai, yr arwr laddodd o, yn ofnadwy o hardd a dewr,' ychwanegodd wrth osod y llechen yn ôl dros y twll a gosod ei stôl deircoes dros honno. 'Dyna ddywedodd y Cyfarwydd noson Ffair G'lanmai.'

'Ia, adrodd un fersiwn o'r stori wnaeth hwnnw, y stori sydd wedi lledu fel tân gwyllt, y stori sy'n newid fymryn bob tro y bydd llais newydd yn ei hadrodd. A'r stori sy'n sôn mwy am Cai ac Arthur na neb arall, fel bod ein Olwen ni'n cael ei gwthio'n ôl i'r cysgodion eto.'

Disgleiriodd llygaid y ferch fach.

'Be ydi'r stori go iawn 'ta, Nain?' Gwenodd y wraig ac amneidio ar ei hwyres i wneud ei hun yn gyfforddus ar ei stôl. Yfodd ddracht hir o'i chwrw cartref, a dechrau adrodd yr hanes.

Flynyddoedd yn ôl, roedd 'na gawr o'r enw Ysbaddaden Bencawr yn byw mewn caer anferthol nid nepell o fan hyn, ar y Migneint. Roedd o'n gawr blin a chwerw iawn am fod ei wraig wedi marw ar enedigaeth ei phlentyn cyntaf. Mae pethau felly yn digwydd yn aml, fel y gwyddost ti'n rhy dda, ond roedd Ysbaddaden druan wedi torri ei galon; roedd o wedi addoli ei wraig, a fuodd o byth yr un fath wedyn.

Addunedodd na fyddai byth yn priodi eto ac na châi'r un dyn fyth gyffwrdd yn ei ferch fach, Olwen. Yn un peth, roedd y syniad o ddwylo budron rhyw sglyfaeth o ddieithryn yn mocha gyda'i chorff perffaith hi yn troi arno, yn rhoi hunllefau iddo, yn ei gythruddo'n rhacs; yn ail, roedd hi'n rhy werthfawr i beryglu ei bywyd drwy adael iddi feichiogi a cheisio dod â phlentyn i'r byd.

'Stwffio bod yn daid!' meddai wrth fedd ei annwyl wraig. 'Byddai'n well gen i i'n llinach ddiflannu am byth na cholli Olwen. Dwi'n mynd i edrych ar ei hôl hi, ei gwarchod a'i hamddiffyn hi hyd at ddiwrnod fy marwolaeth. Chaiff yr un dyn gyffwrdd blaen ei fys ynddi, byth!'

'Ond Ysbaddaden,' meddai llais ei wraig o'r isfyd, 'beth os fydd hi'n syrthio mewn cariad ac yn crefu am gael priodi?'

'Chaiff hi byth briodi,' meddai'r cawr yn styfnig. 'Nid tra byddaf i byw.'

'Ysbaddaden, meddylia,' meddai llais melfedaidd ei wraig o'r bedd, 'sut fyddet ti wedi teimlo petai dy deulu di wedi gwrthod gadael i ti fy mhriodi i?'

'Yn flin, yn hynod, hynod o flin.'

'A fyddet ti byth wedi maddau iddyn nhw ...'

'Na fyddwn, decini,' cyfaddefodd Ysbaddaden. Pendronodd am rai munudau. 'Iawn, ond bydd yn rhaid i unrhyw un sy'n ei phriodi fod yn andros o foi. Mae gen i hawl gosod tasgau i brofi unrhyw un sy'n deisyfu ei phriodi, siawns?'

Cytunodd ei wraig y byddai hynny'n syniad da.

'Efallai y bydd hi'n gweld drosti ei hun wedyn nad yw ei dewis o ŵr yn ddigon da iddi,' gwenodd Ysbaddaden yn fodlon.

'Ond beth os daw rhywun ryw dro fydd yn hwylio drwy bob tasg?' gofynnodd y llais llesg o'r pridd.

'Wel, os digwydd hynny, mi wna i ymuno â thi yng ngwlad y meirw,' meddai Ysbaddaden. 'Byddai'n well gen i farw na byw heb Olwen.'

Tyfodd Olwen yn ferch ifanc ryfeddol o hardd; mor hardd, byddai unrhyw ddyn a fyddai'n ei gweld hi'n gwirioni'n lân. Roedd ei gwallt hi'n felynach na blodau'r banadl; roedd ei chroen hi'n wynnach nag ewyn y don, ac roedd ei dwylo a'i bysedd hi'n wynnach na blodau ifainc gwynion-y-gors sy'n tyfu mewn graean ym mwrlwm dŵr clir ffynhonnau. Roedd ei llygaid hi'n dlysach na llygaid hebog ifanc, ei gruddiau hi'n gochach na rhosyn coch, coch, a'i bronnau hi'n wynnach na bron alarch claerwyn.

Ni fyddai unrhyw ddyn neu lanc a fyddai'n ei gweld

yn y gaer neu yn y gerddi yn dda i ddim wedi taro llygaid arni; byddai pob llanc yn ei dilyn fel llo, ei waith wedi mynd yn angof; byddai gwŷr priod yn anghofio'n llwyr am eu gwragedd a'u plant ac yn glaf o'i herwydd, yn galw ei henw ganol nos, gan achosi dagrau a checru a drwgdeimlad garw yn y gaer.

Sylweddolodd Ysbaddaden y byddai'n rhaid ei chadw'n llwyr rhag llygaid dynion. Dim ond merched fyddai'n gweini arni a rhoi gwersi darllen a chanu iddi. Roedd eu telynor yn ddall, diolch byth, felly cafodd hwnnw aros i roi gwersi telyn iddi, ond dim ond merched fyddai'n trin ei cheffylau a chydgerdded â hi yn yr ardd a'r goedwig.

Cododd y cawr furiau o goed a gwrychoedd trwchus i rannu'r gerddi yn ardaloedd ar wahân, ac i greu llwybr i ferched yn unig drwy'r goedwig at y llyn. Pan fyddai Olwen eisiau mynd ar gwch ar ddŵr y llyn, byddai'n rhaid iddi godi ei mantell sidan fflamgoch dros ei phen, a châi'r un pysgotwr fentro i'r rhan honno o'r llyn liw dydd – neu fe gâi ei ladd. Dim ond liw nos, pan fyddai Olwen yn ei gwely, y câi unrhyw ddyn drin yr ardd a gwneud unrhyw waith cynnal a chadw ar yr adeiladau.

Rhoddodd Ysbaddaden y gorau i wahodd pobl i'w gaer, felly dyna ddiwedd ar y nosweithiau swnllyd, hwyliog gyda beirdd llawn testosteron yn canu ei glodydd. Digiodd ambell fardd yn arw a dechrau ysgrifennu pethau cas iawn amdano ... ei fod yn wirion o fawr er enghraifft, yn hyll fel pechod ac â llais fel daeargryn, a bod angen gosod ffyrch o dan ei amrannau iddo fedru gweld unrhyw beth. Roedd ei amrannau braidd yn fawr a thrwm, mae'n wir, ond canlyniad poeni cymaint am ei ferch oedd hynny, a doedden nhw'n sicr ddim angen ffyrch i'w cadw ar agor.

Plannodd Ysbaddaden aceri o goed trwchus a llwyni rhosod gyda drain hyd bawd yn tyfu arnynt i guddio'r gaer rhag llygaid busneslyd, a sicrhau mai dim ond llond llaw o bobl ddibynadwy fyddai'n gwybod sut i gyrraedd – a gadael – y gaer drwy'r dryswch o goediach a drain. Torrodd dafodau ei negeswyr i fod yn siŵr.

Pan ofynnodd Olwen am wersi saethu gyda bwa, Ysbaddaden ei hun roddodd wersi iddi, ac roedd yn hynod falch pan welodd ei bod hi'n chwip o saethwraig. Penderfynodd ei dysgu i drin cleddyf hefyd, rhag ofn y byddai angen iddi amddiffyn ei phurdeb rhyw dro.

Doedd gan Olwen ddim syniad ei bod hi mor rhyfeddol o atyniadol. Nid oedd yr un drych yn y gaer gyfan, a châi'r un arlunydd dynnu llun ohoni. Byddai arlunwyr gwrywaidd wedi syrthio mewn cariad llwyr â hi wrth gwrs, ac er bod arlunwraig broffesiynol yn y dref agosaf, chafodd hithau erioed wahoddiad, rhag ofn i luniau slei o Olwen gyrraedd y dwylo anghywir. Roedd Ysbaddaden wedi clywed bod yr arlunwraig honno yn hoffi merched mewn ffordd 'annaturiol' beth bynnag. Astudiai wynebau'r morynion i gyd yn ofalus pan fyddent yng nghwmni Olwen – rhag ofn. Oedden, roedden nhw'n mwynhau edrych ar ei hwyneb perffaith, ond doedd dim golwg o'r llygaid llo a'r cegau llac a fyddai'n taro pob gwryw.

Ond roedd bywyd yn y gaer braidd yn undonog heb unrhyw ddyn heblaw Ysbaddaden o gwmpas, ac fel pob uchelwr, byddai Ysbaddaden wrth ei fodd yn cyflogi beirdd i ganu ei glodydd ar ffurf cynghanedd. Pan glywodd am fardd nad oedd, yn ôl y sôn, yn ymddiddori yn y rhyw deg, gyrrodd un o'i negeswyr mud i'w gyrchu. Derbyniodd hwnnw y swydd yn llawen, ond cafodd gryn sioc pan dorrodd Ysbaddaden ei geilliau i ffwrdd.

'Rhag ofn...' meddai Ysbaddaden wrtho, pan ddaeth y bardd ato'i hun rai oriau yn ddiweddarach. Caledfwlch oedd ei enw, a phan roddodd y gorau i wylo'n ddireolaeth, datblygodd yn aelod hwyliog o ddiddanwyr y gaer, a chanu pethau digon clên am y cawr.

Ond byddai'n canu am Olwen hefyd, a rhywsut neu'i gilydd, byddai rhai o'i gerddi am ei phrydferthwch yn teithio y tu hwnt i furiau'r gaer, ac yn araf bach a bob yn dipyn, aeth y si ar led fod y ferch brydferthaf yn y byd yn ferch i Ysbaddaden Bencawr, ac mai ei henw oedd Olwen.

Dyna ddechrau'r fflyd o ddynion fyddai'n ddigon gwirion i feddwl y byddai'r ferch brydfertha yn y byd yn syrthio mewn cariad efo nhw. Aeth ugeiniau ar goll yn y goedwig ac yn sownd yn y llwyni rhosod, gan un ai llwgu i farwolaeth neu gael eu bwyta gan fleiddiaid neu faeddod. Llwyddodd ugeiniau o rai eraill i gyrraedd y gaer, dim ond i redeg adre, neu i mewn i'r llwyni rhosod angheuol, pan welson nhw Ysbaddaden. Llwyddodd ambell un dewr i wynebu'r cawr a gofyn am gael priodi Olwen. Ond fe fethodd pob un y profion brawychus o anodd a osododd Ysbaddaden iddyn nhw, ac os nad oedd ceisio cyflawni y prawf ei hun yn eu lladd, byddai Ysbaddaden yn gyrru ei gŵn anferthol, blewog ar eu holau. Ddaeth neb yn ôl yn fyw o unrhyw daith i ofyn am law Olwen.

Doedd Olwen ddim yn hapus.

'Dad, oes raid gosod tasgau mor anodd iddyn nhw?' gofynnodd yn drist wrth wylio o'i ffenest gorff ifanc, lluniaidd, cyhyrog arall yn cael ei gario mewn berfa at y fynwent.

'Dim ond y gorau i fy merch fach i,' meddai Ysbaddaden.

'Ond dydi gyrru rhywun i hela baedd efo cath a nodwydd ddim yn deg o gwbl, Dad. Mae'n ddigon anodd efo cŵn a gwaywffon fel mae hi.'

'Pff,' meddai'r cawr. 'Mae unrhyw lob yn gallu hela efo cŵn a gwaywffon, ond mae'n cymryd dyn clyfar, cyfrwys i hela efo cath a nodwydd.'

'Dad!' meddai Olwen a'i llygaid yn fflachio. ''Dach chi'n gwybod yn iawn mai dim ond ffŵl fyddai'n ceisio hela baedd efo cath a nodwydd!'

'Wel, dyna brofi mai ffŵl oedd o felly, ynde,' meddai Ysbaddaden gyda gwên lydan, 'a does 'na'r un ffŵl yn cael ei fachau ar fy merch fach i!'

'Nag oes, Dad. Chaiff neb ei fachau ynof fi, 'dan ni wedi trafod hyn droeon. Taswn i'n priodi, mi fyddech chi'n marw, a dwi'm isio i chi farw, felly dwi reit hapus i fod yn hen ferch am byth.'

'Wyt ti'n siŵr, 'mach i?'

'Berffaith siŵr. Ond dwi wir yn meddwl y dylech chi roi'r gorau i'r hen dasgau gwirion 'ma. Mi fyddai'n gwneud llawer mwy o synnwyr i mi gyfarfod y dynion 'ma, deud, 'Na! Dwi ddim isio dy briodi di,' yn blwmp ac yn blaen yn eu hwynebau nhw, a dyna ni, mi gawn nhw fynd adre i chwilio am wraig arall.'

Ysgydwodd Ysbaddaden ei ben yn drist.

'Mae gen ti lawer i'w ddysgu am ddynion, Olwen fach.

Na, yr unig ateb ydi gosod tasgau amhosib, dyna'r unig ffordd i gael eu gwared nhw.' Trodd i adael yr ystafell, yna trodd yn ôl eto gyda gwên. 'Mae Dad wastad yn iawn, tydi, yr hen Olwen dwy olwyn?'

'Ydi, Dad . . . ond rhowch y gorau i'r sioe "dwy olwyn" 'na, da chi. Dwi ddim yn chwech oed bellach.'

Chwarddodd y cawr a gadawodd ystafell ei ferch yn fodlon ei fyd. Gorweddodd Olwen yn ôl ar ei gwely gan syllu ar y we pry cop ar y nenfwd.

'Gwe pry cop,' meddai'n llesg.

'O, mae'n ddrwg gen i, mi wna i sgubo'r nenfwd rŵan, y munud 'ma,' meddai Gwen, ei hoff forwyn, oedd ag un goes fymryn yn hirach na'r llall.

'Na, dwi'n hoffi pryfed cop – maen nhw'n llawer tawelach na phryfed. Er . . . mae'r hyn maen nhw'n ei neud yn debyg iawn i 'Nhad, tydi? Dynion ifanc, del, cyhyrog yn baglu eu ffordd yma, ac yna'n cael eu dal efo tasgau gwirion a – thwac. Maen nhw wedi marw, yn union fel y bydd y pry bach acw . . . '

'Mae o'n bechod,' cyfaddefodd Gwen. 'Dynion da yn cael eu gwastraffu fel 'na.'

'Ond be sy'n bod arnyn nhw, Gwen?' gofynnodd Olwen. 'Pam eu bod nhw'n heidio yma isio 'mhriodi i, a hwythau 'rioed wedi 'ngweld i? 'Rioed wedi torri gair efo fi?'

Nodiodd Gwen ei phen yn araf a cheisio egluro:

'Wedi clywed mai chi ydi'r –'

'Paid â 'ngalw i'n "chi"!'

'Sori, wedi clywed mai ti ydi'r ferch brydferthaf yn y byd maen nhw.'

'Fi? Y brydfertha yn y byd?'

'Ia, mi rydach – rwyt ti'n rhyfeddol o dlws, Olwen.'

'Twt lol, mae pawb yn gweld gwahanol bethau yn hardd, siŵr,' meddai Olwen gan godi ar ei heistedd eto ac edrych draw at ei phum milgi bach tri mis oed oedd yn hepian cysgu gyda'u mam mewn basged wrth y tân. 'Er enghraifft, sbia ar y cŵn bach acw; dwi'n meddwl mai Del ydi'r harddaf, ond rwyt ti'n cael dy ddenu at Cadi, dwyt? Ac mae Dwynwen yn meddwl bod pob ci yn hyll ac yn gwirioni efo cathod. Ond y gwir amdani ydi eu bod nhw i gyd yn dlws. A pham fod angen cymharu? Os ydi natur wedi trefnu ein bod ni i gyd yn cael ein denu at wahanol bethau, wel derbyn hynny, ynde?'

'Ond weithiau, mae rhai pethau mor anhygoel o hardd, mae pawb yn rhyfeddu atyn nhw,' meddai Gwen.

'Ond Gwen, hyd yn oed taswn i'n "rhyfeddol", dydi'r dynion yma 'rioed wedi 'nghyfarfod i! Mi allwn i fod yn hen ast filain a hunanol a chwynfanllyd! Y wraig waetha yn y byd!'

'Mae pobl yn hoffi credu bod 'na berffeithrwydd yn y byd am wn i,' meddai Gwen. 'Ac os fyddan nhw'n llwyddo i ennill y wobr – sef ti – eu gobaith nhw ydi y bydd y perffeithrwydd hwnnw yn eu bywydau nhw hefyd.'

Syllodd Olwen ar ei morwyn.

'Gwen, mi fydda i'n meddwl weithiau dy fod ti wedi bod yn y byd hwn o'r blaen. Wyt ti?'

'Ddim i mi gofio,' chwarddodd Gwen. 'Iawn, wyt ti am fynd am dro at y llyn heddiw?'

'Ydi brest robin yn goch? Ydw siŵr, ac mi fydd y dŵr wedi cynhesu ddigon i mi nofio bellach, siawns.'

'Nofio? Ond dim ond mis Ebrill ydi hi, Olwen!'

*

Yn y cyfamser, roedd cefnder y Brenin Arthur, bachgen golygus o'r enw Culhwch, wedi dod i oed priodi. Roedd ei lysfam wedi cynnig ei merch (braidd yn blaen, bechod) iddo fo'n wraig, ond oherwydd iddo droi ei drwyn a cheisio gwneud rhyw esgus tila ei fod o'n rhy ifanc i briodi, mi wylltiodd hi'n gacwn a thyngu llw na châi o fyth briodi 'ta, nes y câi o Olwen, merch Ysbaddaden Bencawr. Oedd, roedd hi'n gwybod yn iawn beth oedd hanes pawb arall oedd wedi mentro gofyn am gael ei phriodi.

Rŵan, doedd Culhwch erioed wedi ei gweld hi, nag oedd, ond yr eiliad ddywedodd ei lysfam y geiriau hynny, mi gochodd at ei glustiau a theimlo ton o gariad angerddol at Olwen yn llenwi pob modfedd a mymryn o'i gorff.

'Be sy, 'ngwas i?' gofynnodd ei dad iddo. 'Wyt ti'n sâl?' Pan eglurodd Culhwch am ei dynged, doedd ei dad yn poeni dim. 'Rwyt ti'n gefnder i'r Brenin Arthur, cofia!' meddai. 'Cer di ato, a gofyn iddo fo dorri'r mwng gwallt 'na sydd gen ti. Bydd hynny'n arwydd dy fod ti'n ddyn, wedyn gofynna am law Olwen mewn priodas. Mi fydd raid iddo dy helpu di i'w chael hi wedyn.'

Felly aeth Culhwch i weld Arthur, ac wedi torri ei wallt yn ddel gyda'i siswrn aur, dewisodd hwnnw hanner dwsin o'i farchogion gorau i fynd efo fo i chwilio am gaer Ysbaddaden Bencawr.

Mae'r straeon eraill yn mynd ymlaen ac ymlaen am y trafferth gawson nhw i ddod o hyd i'r gaer a'i fod wedi cymryd blwyddyn, ond y gwir amdani ydi hyn: roedd Cai, un o'r marchogion, yn wych am ddringo coed, ac wedi rhai misoedd o grwydro'r wlad, mi welodd o'r gaer o'r goedwig heb fawr o drafferth. Roedd Bedwyr yn wych efo'i gleddyf ac yn gallu torri drwy'r drain heb broblem yn y byd. Roedd Cynddilig yn giamstar ar ddarllen tirwedd a Gwalchmai yn sylwi ar bob dim, a'u syniad nhw oedd mynd at y llyn yn gyntaf, yn hytrach na'r gaer. A phwy welson nhw yno ond Gwen, un o forynion Olwen, yn golchi dillad ar y lan.

'Nefi! Dynion!' meddai honno. 'Rhaid i chi fynd oddi yma rŵan, y munud 'ma! Does 'na'm dynion i fod yma!'

'Na? Pam ddim?' gofynnodd Culhwch.

'Oherwydd Olwen! Mae hi ar ei ffordd yma, i nofio a golchi ei gwallt, a fiw i chi edrych arni neu mi fyddwch chi wedi gwirioni'ch pennau yn lân, ac yn ffraeo ymysg eich gilydd drosti, wedyn mi fydd Ysbaddaden yn –'

'Na, fydd 'na ddim problem, wir i ti. Culhwch ydw i, mab Cilydd fab Celyddon Wledig a Goleuddydd ferch Anlawdd Wledig, a fi, a dim ond y fi sy'n mynd i briodi Olwen,' meddai Culhwch. 'Ynde, hogia?'

'O ia,' cytunodd pawb. 'Debyg iawn.'

'Digon hawdd deud hynna rŵan,' meddai Gwen y forwyn, 'ond credwch chi fi, mi fyddwch chi i gyd isio hi. A does 'na ddim byd gwaeth na llwyth o ddynion i gyd isio'r un peth iddyn nhw eu hunain.'

'Mi gaewn ni'n llygaid unwaith fyddwch chi'n rhoi gwybod i ni ei bod hi ar ei ffordd,' meddai Bedwyr.

'Na, rhaid i chi fynd, rŵan, y munud 'ma, neu . . .'

'Gwranda, forwyn,' meddai Culhwch. 'Rydan ni wedi bod yn teithio ers misoedd i ddod yma a rŵan ein bod ni wedi cyrraedd o'r diwedd, dydan ni ddim am droi'n ôl. Mi guddiwn ni y tu ôl i'r coed yma fan hyn, a phan ddaw Olwen, mi wna i gyflwyno fy hun iddi, fel dyn bonheddig. Wedyn mi wna i ofyn i'w thad am ganiatâd i'w phriodi, a dyna ni, pawb yn hapus.'

'O? A be os na fydd Olwen isio dy briodi di?'

Doedd hynny ddim wedi rhoi tro ym meddwl Culhwch, ac edrychodd arni'n hurt.

'Wrth gwrs y bydd hi isio ei briodi o!' meddai Bedwyr. 'Sbia ar y ceffyl hardd sydd gynno fo, efo'i gyfrwy a ffrwyn o aur, a'r ddwy waywffon arian yn ei law o a'r cleddyf aur ar ei glun o, a'r darian acw yn addurniadau aur drosti, mor ddisglair â mellten, a'i chanol hi'n ifori.'

'Ac edrycha ar ei fantell borffor o!' meddai Cai. 'Mae 'na afal aur ar bob cornel, yli, a phob afal yn werth cant o wartheg! Ac mae ei sgidiau, o ben ei glun hyd fawd ei droed o, yn werth tri chant o wartheg!'

'O. Wela i,' meddai'r forwyn. 'A 'dach chi'n meddwl mai gwerth ei sgidiau a'i drimings aur o sy'n mynd i ddenu Olwen, ydach?'

Edrychodd y dynion ifanc ar ei gilydd mewn penbleth.

'Wel, dyna mae pob merch ddibriod yn chwilio amdano, ynde? Gŵr gyda digon o gelc,' meddai Cai.

Rhowliodd Gwen Gam ei llygaid.

'Mae'n siŵr bod 'na ferched felly, ond –'

'Oes, mae 'na! Cannoedd ohonyn nhw!' meddai Gwalchmai. 'Ers talwm, chwilio am ŵr cryf oedd yn dda am hela oedd y nod, rhywun allai ofalu na fyddai ei wraig a'r plant yn llwgu. Ond ers i arian newid patrwm cymdeithas, arian sy'n sicrhau boliau llawn i deulu.'

'Ac os oes gan ddyn ddigon o gyfoeth, does dim rhaid iddo fo chwilio am wraig sy'n gogydd da,' meddai

Bedwyr. 'Mae o'n gallu fforddio cyflogi cogydd, a chwilio am wraig hardd, rhywun i edrych yn dda ar ei fraich o.'

'Felly, mae merched tlws yn chwilio am arwyddion o gyfoeth,' meddai Cai. 'Dwi'n nabod merch ddel iawn sydd wastad yn cadw ei llygaid i'r llawr yng nghwmni dynion, er mwyn gweld pa esgidiau sy'n tynnu ei sylw, a dim ond pan fydd hi'n gweld pâr o esgidiau drudion y bydd hi'n codi ei llygaid i edrych ar ei bryd a'i wedd.'

'Chlywodd hi 'rioed nad wrth ei big y mae prynu cyffylog?' chwarddodd y forwyn. 'Iawn . . . efallai fod nifer fawr o ferched yn chwilio am ŵr ariannog, ond mae gan Olwen hen ddigon o arian – ac aur a bob dim felly – fel mae hi. Hi fydd yn etifeddu'r gaer hon a'r holl diroedd o'n cwmpas, am filltiroedd lawer. Nid cyfoeth dyn fydd yn ei denu.'

'Ei bryd a'i wedd felly?' meddai Bedwyr. 'Edrycha hardd ydi Culhwch! Petawn i'n ferch, mi fyddwn i'n sicr eisiau deffro bob bore i weld y fath wyneb hawddgar wrth fy ochr yn fy ngwely.'

'Hm. Ydi, mae o'n eitha del,' meddai Gwen. 'Ond ydi o'n glên a charedig a llawn dychymyg yn y gwely? Ydi o'n gallu gwneud iddi chwerthin?'

'Ydi siŵr,' meddai Cai. 'Mae o'n cellwair a gwamalu o fore gwyn tan nos.'

'Hm . . . ' meddai'r forwyn. Yna sythodd yn frysiog. 'Dyna ei llais hi!' meddai. 'Mae hi ar ei ffordd! Ewch o'r golwg! Brysiwch!'

Cerddodd Olwen yn hamddenol ar hyd y llwybr at y llyn, gyda'i mantell sidan fflamgoch amdani a'i miliast hardd wrth ei hochr. Chwaraeai'r pum milgi bychan o'i hôl gyda'r meillion gwyn a godai'n sydyn drwy'r glaswellt lle roedd Olwen wedi rhoi ei thraed.

Wrth nesáu at y lan lle roedd Gwen wedi ail-ddechrau golchi dillad, cododd y filiast ei chlustiau a dechrau chwyrnu.

'Sol! Be sy'n bod arnat ti?' dwrdiodd Olwen. Yna, agorodd ei llygaid yn fawr wrth i ddyn ifanc, hardd gamu allan o'i blaen hi. Agorodd ei lygaid yntau hyd yn oed yn fwy; bron nad oedden nhw'n neidio allan o'i ben.

'Olwen . . . ' ochneidiodd yn gryg, fel petai wedi dal annwyd.

'Ia. A phwy wyt ti?'

'Olwen . . . dwi'n dy garu di!' crawciodd Culhwch wrth i'w wyneb a'i war a'i glustiau droi'n biws. Camodd tuag ati, dim ond i Sol, y miliast ffyddlon, chwyrnu'n uwch o lawer a bygwth brathu ei ffêr.

'Sol! Paid!' meddai Olwen cyn wynebu'r dyn diarth eto. 'Paid â bod yn wirion, ŵr ifanc, dwyt ti ddim yn fy nabod i. Rŵan, cer o 'ma reit handi cyn i 'Nhad dy weld di.'

'A wnei di fy mhriodi, Olwen annwyl?' gofynnodd Culhwch gan syrthio ar ei liniau o'i blaen a syllu fel llo i fyny i'w hwyneb. Dechreuodd Olwen gyfri i ddeg, yna brathodd ei gwefus. Roedd y dyn yma'n eitha del; llygaid gleision fel awyr Mai; gwefusau llawnion fel bwa bron â gollwng ei saeth; ysgwyddau llydan, cryfion; coesau hirion, cyhyrog, a dwylo mawr. Roedd y morynion wedi sôn wrthi am ddynion gyda dwylo mawr. Gwenodd a theimlo gwres yn codi mewn mannau cwbl newydd iddi. Doedd dim rhaid priodi i gael mymryn o hwyl corfforol, nag oedd? A doedd hi erioed wedi cusanu unrhyw un, nid o ddifri, nid yn y ffordd roedd hi wedi gweld rhai o'r gweision a'r morynion yn hanner bwyta ei gilydd pan oedden nhw'n meddwl nad oedd neb yn gallu eu gweld. Tybed a fyddai'r gŵr ifanc golygus hwn yn fodlon cael pum munud bach y tu ôl i'r llwyn gyda hi, ac yna diflannu a chadw ei geg ar gau?

'Be ydi dy enw di?' gofynnodd.

'Culhwch fab Cil-Cilydd fa-fa-fab Cely-Cely-Cel-yddon Wle-Wled–'

'Iawn, mae dy enw cynta di'n fwy na digon, Culhwch. Dwi'm isio gwybod dy achau di beth bynnag, a dwi ddim isio dy briodi di chwaith, mae arna i ofn. Na, paid â sbio arna i fel 'na, dwi'n ei feddwl o. Ond . . . ym . . . '

'Ia?' Roedd y siom yn ei lygaid wedi troi'n obaith eto.

Sylweddolodd Olwen ei bod hi'n llawer rhy swil i ofyn. Byddai'n rhaid bod yn gyfrwys.

'O, coda, da ti, Culhwch. Ym . . . be sy gen ti ar dy wefus?'

'Ar fy ngwefus?'

'Ia.' Camodd yn ei blaen gan hoelio ei llygaid ar ei wefusau. 'Rhywbeth bach, bach, fan hyn . . . ' Gwyrodd ymlaen fymryn nes bod ei wyneb ddim ond fodfeddi i ffwrdd. Cyffyrddodd ei wefus isaf yn ysgafn gyda blaen ei bysedd. Bu bron i goesau Culhwch roi oddi tano. 'Culhwch?' sibrydodd Olwen. 'Does 'na neb erioed wedi fy nghusanu i. Ac er nad ydw i isio dy briodi di, fyddet ti'n fodlon bod y dyn cyntaf – wel, yr unig ddyn efallai – i 'nghusanu i? Ar y gwefusau? Fel mae'r gweision yn ei wneud?'

Wedi iddo ddod ato'i hun, gwenodd Culhwch a llwyddo i nodio'i ben un waith cyn gwyro ymlaen i blannu ei wefusau ar ei gwefusau perffaith hi.

Doedd hi ddim yn siŵr i ddechrau, ond wrth iddi ddod i arfer, ac wrth i bethau rhyfedd ddigwydd i weddill ei chorff hi, dechreuodd Olwen fwynhau ei hun. Gallai Culhwch synhwyro hynny, a thynnodd ei chorff yn dynnach ato fel bod ei bronnau yn gwasgu yn ei erbyn. Roedd rhywun yn ochneidio.

'Pwy wnaeth y sŵn yna?' sibrydodd Olwen pan sylweddolodd Culhwch ei fod angen anadlu. Yna gwelodd fod Gwen y forwyn yn pwyntio y tu ôl i'r gwrych, a'r milgwn bychain yn snwffian traed rhywun heblaw Culhwch. 'Pwy sy'n cuddio fan'na? Dangoswch eich hunain!' meddai Olwen yn flin.

Camodd y marchogion eraill ymlaen yn ofalus, gan ddal eu dwylo dros eu llygaid.

'Fy nghyfeillion i ydyn nhw,' eglurodd Culhwch, 'ac maen nhw'n ymdrechu i beidio ag edrych arnat ti, Olwen, rhag ofn iddyn nhw, hefyd, gael eu hudo gan dy brydferthwch di.'

'Ond roedd o leia un ohonyn nhw yn ein gwylio ni'n cusanu rŵan,' meddai Olwen.

'Ym, ia, fi oedd hwnnw,' cyfaddefodd Cai. 'Methu peidio, mae'n ddrwg gen i, ond welais i mo'ch wyneb chi'n iawn, cris croes tân poeth.'

Astudiodd Olwen y chwe marchog ifanc yn fanwl. Pob un yn dal a chyhyrog, pob un â dillad ac arfau o safon, ac er gwaethaf y dwylo o flaen eu llygaid, gallai weld bod dau ohonynt yn rhyfeddol o olygus. Teimlai fel hwch mewn siocled.

'Pam ydych chi i gyd yma? A pham mai dim ond Culhwch sy'n fodlon edrych arna i?' gofynnodd.

'Oherwydd mai fy nhynged i a neb arall yw dy briodi di,' meddai Culhwch.

'O? Dy dynged di, ai e? Wel, fel dwi wedi'i ddeud unwaith yn barod, tydw i ddim am dy briodi di. Taswn i'n priodi unrhyw un, byddai fy nhad yn marw, a dwi wedi addo na wna i byth ei adael o.'

'Ond faint ydi oed dy dad di?' gofynnodd Cai, yr un mwyaf golygus ohonyn nhw i gyd.

'Roedd o'n 78 llynedd,' meddai Olwen. 'Pam?'

'78? Mae o wedi cyrraedd oedran da iawn felly,' meddai Cai, 'yn enwedig i gawr. Does ganddo fawr o amser ar ôl, nag oes, felly pa wahaniaeth wnaiff ffarwelio ag o flwyddyn neu ddwy ynghynt?'

Rhythodd Olwen arno'n hurt. 'Dwi'n ei garu o! Mae o'n dad i mi – yr unig aelod o 'nheulu sy'n dal yn fyw,' protestiodd, 'a dwi isio gwasgu bob eiliad posib o'i gwmni o cyn iddo drengi! Mae'n amlwg nad oes gynnoch chi berthynas dda iawn gyda'ch tad ...'

'Mae hynny'n wir,' cyfaddefodd Cai. 'Roedd o'n hen fwli blin oedd yn rhoi celpen i mi bob dydd.'

'O leia roedd o'n gadael i ti fyw gydag o,' meddai Culhwch. 'Fu gan fy nhad i erioed ddiddordeb ynof fi. Bwli oedd yntau hefyd, yn lladd gwŷr y gwragedd roedd o'n eu ffansïo er mwyn gallu eu priodi. Ond wedi dy gyfarfod di, Olwen, ac yn enwedig ar ôl dy gusanu di, mi fedra i ddeall fy nhad yn well: mi fyddwn innau'n fodlon lladd unrhyw un i dy gael di'n wraig i mi.'

Gwenodd Olwen a throi fymryn yn binc. Roedd Culhwch yn dechrau tyfu arni, ac roedd o wedi rhoi'r gorau i gecian, diolch byth.

'Gwranda, mae fy nhad yn gosod tasgau i unrhyw un

sy'n gofyn am gael fy mhriodi, felly os wyt ti'n ddigon o ddyn, cer i'r gaer a gofyn am ei weld. Cytuna i wneud unrhyw dasgau y bydd yn eu gosod, ond paid â brysio i'w cyflawni nhw. Os fydd o flwyddyn neu ddwy yn hŷn erbyn i ti ddychwelyd, ac yn fregus ei iechyd, gawn ni weld . . . '

'Iawn, mi wna i unrhyw beth i d'ennill di,' meddai Culhwch.

'Fel dwedais i, gawn ni weld,' meddai Olwen. 'Iawn, mae'r gaer draw fan acw. Hwyl i chi – dwi am fynd i nofio rŵan, felly ta-ta.'

'Ta-ta,' meddai'r marchogion.

'Gawn ni agor ein llygaid rŵan?' gofynnodd Gwalchmai wedi iddyn nhw gerdded mewn rhes y tu ôl i Culhwch am rai camau. Ddaeth dim ateb o enau Culhwch, felly agorodd pawb eu llygaid i edrych arno. Roedd o'n syllu'n hurt y tu ôl iddyn nhw, a heb feddwl, trodd pob un ohonynt i'r un cyfeiriad.

Yn ffodus, welson nhw mo wyneb Olwen gan fod ei chefn tuag atyn nhw, ond yn anffodus, roedd hi wedi tynnu ei mantell fflamgoch ac yn noethlymun gorn. Cododd ei breichiau, tynhaodd ei chyhyrau a phlymiodd yn berffaith i mewn i'r llyn. Roedden nhw i gyd yn gegrwth am hir.

'Y diawl lwcus,' griddfanodd Cai.

Pan gytunodd Ysbaddaden o'r diwedd i'w gweld, gosododd restr o ddeugain o dasgau hynod anodd i'r marchogion, tasgau fel dod o hyd i fêl naw gwaith melysach nag unrhyw fêl arall; cael gafael ar Adar Rhiannon (a ganai'n swynol ond a allai hefyd wneud i'r byw fynd i gwsg mawr marwolaeth a gwneud i'r meirw ddeffro); bachu crib a siswrn o ben y Twrch Trwyth a theithio i bob cwr o'r ynys, o Gernyw yn y de at y Pictiaid yn y Gogledd pell a draw i Iwerddon a hyd yn oed i Annwn i gyrchu Gwyn ap Nudd.

Gan fod cymaint o'r tasgau mor anodd, gofynnodd Culhwch i'r Brenin Arthur eu cynorthwyo. Bu bron i hwnnw neidio ar ei geffyl cyn i Culhwch orffen gofyn y cwestiwn, ac i ffwrdd â'r marchogion dawnus, athletaidd i brofi pa mor ddawnus ac athletaidd oedden nhw, gan adael cyrff meirw a dagrau lu dros Brydain gyfan yn y broses.

Wrth i'r gwahanol wrthrychau y gofynnwyd amdanynt gyrraedd y gaer, a'r straeon am eu hanturiaethau yn eu sgil, teimlai Olwen yn fwyfwy anniddig. Pam na châi hithau weld rhyfeddodau a phrofi ei dawn a'i gallu athletaidd yn yr un modd?

'Oherwydd mai merch wyt ti,' meddai Ysbaddaden.

'Be taswn i'n newid fy hun yn filgi?' gofynnodd Olwen fore trannoeth.

'Milgi? A pham yn y byd fyddet ti'n dewis bod yn filgi?'

'Oherwydd na fyddai dynion yn troi'n ffyliaid gwirion wrth fy ngweld i, ac oherwydd y byddwn yn ddigon cyflym i ddianc rhag unrhyw drafferthion.'

'Pwynt teg,' meddai Ysbaddaden. 'Iawn, o'r gorau, ond dim ond am fis, dim mwy. Ac yn enw popeth, bydd yn ofalus.'

Cusanodd Olwen ei thad ar ei dalcen, troi ei hun yn filgi a rhuthro i'r Gogledd lle gwyddai y byddai Culhwch a'i griw yn anelu ar gyfer y dasg olaf un, sef casglu digon o waed y Wrach Ddu i feddalu barf a gwallt gwyllt Ysbaddaden er mwyn ei dorri.

Llwyddodd i ddal i fyny â'r marchogion yn ardal y Llynnoedd, a chafodd groeso yn syth gan filgwn bronwyn, brych Culhwch. Edrychodd Culhwch ar y ci diarth hwn yn hurt i ddechrau, ond yna cododd ei ysgwyddau a rhoi asgwrn carw iddi hithau ei gnoi. Daeth Olwen i ddysgu dros y dyddiau nesaf fod Culhwch yn glên iawn gyda'i anifeiliaid, ac yn gofalu eu bwydo hwy cyn ef ei hunan bob tro. Arwydd o ddyn da, meddyliodd.

Gwyliodd y marchogion eraill yn ymhél â merched ymhob pentref, ond dim ond breuddwydio am ei Olwen a wnâi Culhwch. Arwydd o ddyn ffyddlon, meddyliodd Olwen.

Ac yna, ym Mhennant Gofid, daethant o hyd i ogof y Wrach Ddu. Er mawr syndod i Olwen, nid Culhwch aeth i'r ogof, ond dau o filwyr Arthur. Daeth y ddau yn ôl allan yn hanner marw, a phan yrrwyd dau filwr arall wedyn, cafodd rheiny eu taflu allan fel dwy sach hefyd.

Mae Culhwch yn siŵr o gamu 'mlaen rŵan, meddyliodd Olwen. Ond na, Arthur ei hun ruthrodd i mewn, a llwyddo i dorri'r wrach yn ddau hanner fel dau dwb. A milwr arall frysiodd ymlaen i ddal ei gwaed hi mewn ffiolau. Eistedd ar ei geffyl roedd Culhwch, yn gwenu fel giât. Erbyn holi'r ddau filgi arall, daeth Olwen i ddeall mai'r marchogion eraill oedd wedi cyflawni'r tasgau eraill i gyd. Diddorol, meddyliodd.

Ar y daith yn ôl adref, sylwodd fod nifer o'r marchogion eraill hefyd yn glên iawn gyda'u hanifeiliaid, a phan fyddent yn diosg eu dillad i molchi ac ymdrochi, bod siâp da iawn ar Bedwyr a Cai yn ogystal. Gwelodd hefyd y wên fodlon a diolchgar ar wynebau'r merched a fyddai'n gadael eu pebyll yn y boreau. Diddorol iawn, meddyliodd.

Rhedodd yn ei blaen wrth agosáu at y gaer er mwyn newid yn ôl yn hi ei hun, a gwisgo'i mantell fflamgoch a'i thorch o aur a rhybuddio ei thad cyn i'r marchogion gyrraedd.

'Ond os ydyn nhw wedi cyflawni pob tasg, does gen i ddim dewis, 'mach i,' meddai hwnnw. 'A dwi'n casáu'r busnes heneiddio 'ma beth bynnag. Dwi'n gweld fawr ddim bellach ac mae fy nghorff yn boenau i gyd. Dwi'n hapus i farw, ac yn gwybod dy fod yn ddigon call i ddewis y dyn gorau o'u plith.'

Felly pan gyrhaeddodd Culhwch a'i griw yn swnllyd, fodlon eu byd, ildiodd Ysbaddaden yn dawel.

Gwingodd Olwen wrth eu gwylio yn torri gwallt ei thad. Wylodd wrth eu gweld yn eillio ei farf hyd at yr asgwrn.

'Wyt ti wedi dy eillio, gawr?' gofynnodd Culhwch.

'Wedi fy eillio,' atebodd hwnnw.

'Ai fi biau Olwen dy ferch di rŵan?'

'Pwy bynnag gyflawnodd y tasgau . . . ' meddai Ysbaddaden. 'Iawn, lladdwch fi rŵan, da chi. Ffarwél, Olwen. Fe wnest fy mywyd yn werth ei fyw.'

Roedd Olwen yn wylo gormod i weld be wnaethon nhw i'w thad wedyn. Ond cafodd y cawr moel, gwaedlyd ei lusgo allan i'r domen dail lle torrwyd ei ben a'i roi ar bolyn ar feili'r llys. Roedd Olwen yn berwi pan welodd hi ben ei thad ar bolyn. Roedd hi'n gandryll pan gyhoeddodd y Brenin Arthur mai Custennin oedd berchen y gaer a holl diroedd Ysbaddaden wedyn.

'Ddim dros fy nghrogi . . . ' meddai mewn llais oer fel dyfroedd dyfnion y Gogledd, gan anelu ei saeth at galon Arthur. 'Fi sydd berchen y gaer hon bellach. Ac nid Culhwch gyflawnodd y tasgau osododd fy nhad, naci? Peidiwch â meiddio cega – welais i chi – ro'n i yno; fi oedd y milgi ymunodd â chi. Ond dwi'n fodlon priodi'r dyn a wnaeth y rhan fwyaf o'r tasgau.'

Edrychodd pawb arni'n hurt.

'Ond nid dyna oedd y cynllun,' meddai Arthur. 'Nid felly mae pethau i fod.'

'Roedden nhw i gyd yn brwydro ar fy rhan i!' protestiodd Culhwch. 'Fydden nhw ddim yma oni bai amdana i!'

'Tyff,' meddai Olwen. 'Mi wnaethoch chi newid y rheolau, felly dwi'n addasu'r canlyniad. Felly, pwy gyflawnodd y nifer fwya o dasgau? O be glywais ac a welais i, mae hi rhwng Cai a Bedwyr, tydi?'

Allai neb wadu hynny.

'Iawn,' meddai Olwen, 'Cai a Bedwyr, mi wna i briodi y cynta ohonoch chi i dynnu pen fy nhad oddi ar y polyn 'na er mwyn i ni gael ei gladdu gyda'r parch a'r urddas mae o'n ei haeddu.'

Doedd dim rhaid i'r un o'r ddau feddwl ddwywaith; saethodd y ddau am y beili ac er mai Bedwyr oedd y rhedwr cyflymaf a'r cyntaf i gyrraedd y polyn, Cai oedd y dringwr gorau o bell ffordd. Dringodd fel gwiwer i fyny'r polyn a thros gorff Bedwyr, a chan sefyll ar ysgwydd flinedig, siomedig ei gyfaill, cydiodd ym mhen Ysbaddaden a'i dynnu'n ofalus, barchus oddi ar y polyn.

Gwenodd Olwen.

'Ond be am fy nhynged i?' meddai Culhwch yn

ddagreuol. 'Cha i ddim priodi unrhyw ferch arall . . . '

'Mae 'na wastad ffordd o wyrdroi melltith,' meddai Olwen. 'Cer i weld dy lysfam ac ymddiheuro iddi am sarhau ei merch hi. Ymddiheura i'r ddwy, treulia chydig o amser yng nghwmni'r ferch ac efallai y gweli di mai peth dwl iawn ydi diystyru rhywun oherwydd ei bod hi'n ymddangos yn blaen ar yr olwg gynta.'

'Ond – ond dydi hyn ddim yn iawn!' protestiodd Arthur.

'Ond mae o'n deg,' meddai Olwen.

Felly, ar ôl priodas fechan a mymryn yn frysiog – ond hapus – fe wasgarodd marchogion Arthur ac aeth pawb yn ôl i'w cartrefi eu hunain. Rhoddodd Olwen flodau'r briodas ar fedd ei thad, drws nesa i fedd ei mam, a bu Cai ac Olwen yn ddeuawd bodlon am flynyddoedd. Wnaethon nhw ddim llwyddo i gael plant ond golygai hynny bod ganddynt fwy o amser i'w roi i'w gilydd a'u milgwn. Daethon nhw'n enwog am fridio'r cŵn cyflymaf yng Nghymru; bydden nhw'n eu hymarfer ar y Migneint, a dyna pam fod un o'r copaon wedi ei alw yn Garnedd y Filiast. Mae'r lle hyd heddiw yn llawn o feillion gwynion am fod Olwen wedi troedio cymaint yno.

'A dyna brofi mai dyna'r stori wir am Olwen,' meddai Nain wrth y ferch fach, gan glecio gwaddod ei chwrw cartref. 'Rŵan, i dy wely yn hogan dda.'

'Diolch, Nain,' meddai honno, 'mae honna'n stori lawer gwell nag un y Cyfarwydd noson Ffair G'lanmai.'

Aeth i gysgu gyda gwên ar ei hwyneb a breuddwydio am filgwn yn rasio drwy gaeau o feillion gwynion.

ARIANRHOD

Gareth Evans-Jones

*Gwelir cymeriad Arianrhod ym Mhedwaredd Gainc y
Mabinogi. Mae hi'n ferch i'r dduwies Dôn, yn chwaer i'r
dewin Gwydion, ac mae ei stori'n gysylltiedig ag un Math
fab Mathonwy. Ni all Math fyw oni bai ei fod yn gorffwys
ei draed ar arffed morwyn, ac eithrio pan fydd rhyfel.
Y forwyn sydd yng ngwasanaeth Math ar ddechrau'r
Bedwaredd Gainc yw Goewin, ond treisir Goewin gan
Gilfaethwy fab Dôn. A Math angen morwyn newydd, mae
Gwydion yn awgrymu ei chwaer, Arianrhod. Ond er mwyn
profi ei gwyryfdod, mae'n rhaid i Arianrhod gamu dros
hudlath Gwydion. Pan wna hynny, mae'n geni dau fab –
Dylan Ail Ton a Lleu Llaw Gyffes. Aiff Dylan yn syth i'r
môr, ond mae Lleu yn byw ar y tir. A hithau wedi profi'r fath
gywilydd, mae'n gwrthod Lleu a chaiff yntau ei fagu gan ei
ewythr, Gwydion. Mae Arianrhod yn tyngu na chaiff Lleu
nac enw nac arfau, oni roddir hwy ganddi hi, ac ni chaiff
wraig ddynol. Mae Gwydion yn mynd ati i dwyllo'i chwaer*

i roi enw ac yna arfau i'w mab, ac mae Gwydion a Math yn creu gwraig o flodau ar gyfer Lleu, sef Blodeuwedd. Yn ystod hyn i gyd, ymneilltua Arianrhod i'w chaer ac nid yw mewn fawr o gysylltiad â'r byd tu hwnt.

Mae'n sefyll ym mhen yr ardd. Hances boced o ardd â blodau gwyllt yn brodio'r borderi yw hi. Mae hi'n edrych ar y traeth islaw. Clyw'r tonnau'n treiglo. Y gwylanod yn crio. A'r awel yn fain ar groen. Mae'n plethu ei breichiau ac yn tynnu'r siôl sydd am ei hysgwyddau yn dynnach amdani. Mae'r haul yn chwarae mig heddiw, ond does ganddi fawr o fynedd chwilio amdano.

Llwyddodd y sŵn stacato i lusgo Rian o berfeddion ei chwsg.

Agorodd ei llygaid. Roedd y nenfwd o'i blaen yn binclliw-ffiwsia a phatrwm tonnog yn llifo ar ei hyd. Cododd ei phen fymryn gan ei deimlo fel darn o blwm. Syrthiodd yn ôl ar y gobennydd. Ymestynnodd am ei ffôn yn y man i ddiffodd y larwm. Caeodd ei llygaid a'u hagor eto. Trodd y ffôn yn ei llaw ac edrych ar ei hadlewyrchiad. Roedd golwg y diawl arni. Ei *foundation* yn staen ar ei thalcen a'i gwallt yn gybolfa gwyllt. Edrychodd ar y nenfwd eto. Nid pinc oedd lliw ei nenfwd hi a doedd dim patrwm ar ei gyfyl. Felly yn lle roedd hi?

Mentrodd wthio'i breichiau oddi tani a chodi ar ei heistedd. Sylwodd fod yna fwrdd corcyn ar y wal o'i blaen â lluniau lu yn ei orchuddio. Roedd yna un ddynes i'w gweld mewn sawl llun; mae'n rhaid mai ei stafell hi oedd hon. Teimlodd Rian yn chwithig. O, na. Doedd hi ddim am fod yn sâl mewn stafell ddiarth. Ond lle aflwydd roedd y tŷ bach? Ond cyn iddi gael cyfle i feddwl ddwywaith, roedd hi'n rhy hwyr. Llwyddodd i neidio oddi ar y gwely, agor y ffenest a chwydu'i pherfedd i'r ardd islaw. Brwydrodd am ei gwynt cyn hyrddio eto, yna, llyncodd yn drwm. Roedd yna hen ŵr a'i gi'n cerdded heibio erbyn gweld, a golwg groes ar ei wyneb, ond doedd hynny'n mennu dim ar Rian yr ennyd honno. Sychodd ei cheg efo cefn ei llaw cyn estyn am ei ffôn eto. Roedd yna un neges yn fflachio ar y sgrin. Gan Gwen:

03:17
Lle w t? Dwi d mynd adra. Ffonia fi xx

Safodd ar ei thraed. Er gwaetha'r bendro, trodd am ddrws y stafell. Roedd yn hen bryd iddi fynd adref, wir: cael cawod, cael rhywbeth i'w fwyta, a chael ymadael â neithiwr yn iawn.

Arllwysodd y coffi i'r gwpan. Roedd angen hwn arni. Bu'r cyfarfod y bore hwnnw'n ddiflas drybeilig a doedd gweddill y diwrnod yn argoeli dim gwell.

'Golwg 'di blino arna chdi,' meddai Rhys, un o swyddogion y cwmni.

'Diolch!' atebodd Rian.

'Noson fawr neithiwr?'

'Nag oedd . . . Deud y gwir, dwi'm 'di bod allan yn iawn ers wsnosa.'

'Ewadd! Ti'n sâl, d'wad?'

Ers iddi ddechrau gweithio i'r cwmni yswiriant,

roedd Rhys wedi cymryd ati'n arw. Fe gadwai sedd ar ei chyfer mewn cyfarfodydd gan y byddai'n anochel yn hwyr. Gwnâi baned iddi heb ofyn sawl siwgr a gymerai. A fo, rywsut neu'i gilydd, oedd ei Santa Dirgel am y ddwy flynedd ddiwethaf. Boi clên ar y naw. Ond dyna'r cyfan.

'Dwi angen bach o awyr iach.'

'O, ia?' gofynnodd Rhys yn awgrymog.

Ar ei gwaethaf, gwridodd Rian fymryn, gan estyn y paced sigaréts o'i phoced.

Roedd twrw'r stryd yn cyfrannu'n ofnadwy at y cur yn ei phen. Ceir yn sgrialu heibio. Pobl yn clebar. Y goleuadau stryd gerllaw fel petaen nhw'n gwneud ati i ganu'r hen gri-codi-gwrychyn yna.

Tynnodd yn drwm ar ei smôc. Roedd hi wedi rhoi'r gorau iddyn nhw tan ychydig fisoedd yn ôl pan oedd hi dan straen yn y cwmni – efo strategaeth newydd angen ei rhoi ar waith cyn diwedd y mis a dim ond hi ac un arall wedi'u neilltuo i wneud y dasg.

Taflodd yr hanner smôc ar y llawr a'i sathru, cyn rhwbio'i thalcen a chau ei llygaid yn dynn am ennyd. Pwniai'r gwaed yn galed yn ei chlustiau, a theimlai ryw hen gyfog yn troi yn ei stumog. Agorodd ei llygaid eto a theimlodd fymryn yn chwil. Bu'n rhaid iddi bwyso'n ôl yn erbyn y wal i geisio'i sadio'i hun. Bu fel hynny am rai eiliadau, yn anadlu'n ddwfn. Yn y diwedd, aeth yn ôl am ddrws yr adeilad, gan ddal i bwyso un llaw yn erbyn y wal.

'Iawn?' gofynnodd Rhys, ar ôl iddi fynd i'w sedd yn y stafell gynadleddau.

'Champion.'

*

Roedd yna hen oglau-dim-byd yn llenwi'r stafell. Bu'n eistedd yno am sbel wrth i'r doctor ofyn pob math o gwestiynau iddi. Gallai daeru fod tician y cloc yn cynyddu fesul munud wrth iddi hithau gael ei chroesholi am bob agwedd ar ei byd.

'Naddo . . . ddim ers chydig fisoedd.'

'Ydach chi'n siŵr?'

Teimlodd Rian hen gythraul ynddi eisiau ateb y doctor yn ôl, ond brathodd ei thafod, a nodio'i phen.

'Wel, dwi'n meddwl y basa'n syniad inni neud prawf gwaed o leia . . . '

Torchwyd ei llawes a thynnwyd y gwaed. Aeth hi braidd yn benysgafn wrth iddo wneud hynny, ond ceisiodd guddio'i gwendid.

'Gawn ni'r canlyniadau ymhen chydig ddyddiau, felly gobeithio 'neith hynny roi gwell syniad i ni be 'di be.'

Eisteddodd yn sedd y gyrrwr am sbel wedyn, ei dwylo'n mwytho'r llyw wrth iddi syllu'n wag ar y wal o'i blaen.

Canodd ei ffôn. Edrychodd a gweld enw Gwydion yn fflachio ar y sgrin. Oedodd. Tawelodd y ffôn am ychydig cyn dechrau canu eto. Rhwbiodd Rian ei llygaid cyn mentro ateb.

'Haia.'

'Ti'n iawn? Be 'udon nhw, del?'

'Dim llawar, 'sti . . . '

''Nathon nhw'm sôn be 'lasa fod?'

'Yli, gei di'r hanas i gyd pan ddo i adra.'

'Wel, cym ofal yn dreifio. Mi 'na i swpar erbyn chwech inni.'

'Yli, Gwyds, na, dwi'n iawn –'

'Paid â dadla efo dy frawd mawr. Chwech amdani. Iawn?'

Llyncodd Rian ei phoer.

'Iawn.'

'Yli, Ri,' meddai Gwydion, tôn ei lais yn tylino'r geiriau. 'Ti'n siŵr bo' chdi heb, w'sti, fod efo rhywun heb fod yn ofalus?'

'O, mam bach, Gwydion! Ti'n gneud imi swnio fath â hogan ysgol heb ddim yn 'i phen! . . . Dwi'm 'di bod efo neb.'

A bu tawelwch am ennyd. Curiad y cloc uwchben y bwrdd yn gyfeiliant i chwithdod y stafell. Roedd y baned yn llugoer yn nwylo Rian. Gwydion dorrodd y distawrwydd yn y diwedd.

'Wyt ti'n hwyr?'

'Be?'

'W'sti . . . '

Syllodd Rian ar ei brawd.

'Wel, jyst gofyn rhag ofn.'

Oedodd Rian. Rhwbiodd ei hwyneb a gollyngodd ochenaid.

Cododd Gwydion ar ei draed a nôl ei gôt oddi ar y bachyn ar y drws. Aeth yn ei ôl i eistedd wrth y bwrdd. Gwyliodd Rian bob symudiad fel petai hi'n ysglyfaeth yng ngŵydd anifail arall. Tynnodd Gwydion focs hir o un boced a'i osod ar y bwrdd o'i flaen. Hoeliodd Rian ei llygaid ar y bocs ac ysgwyd ei phen.

'Yli, 'neith o'm drwg iti, jyst . . . '

'Na 'naf!'

'Ti'm 'di bod yn chdi dy hun ers tro rŵan. Ac os wyt

ti'n hwyr, wel, ma' sens yn deud gneud y prawf a gweld be 'di . . . w'sti.'

Gosododd Rian y gwpan yn gadarn ar y seidbord. Ysgydwodd ei phen.

'Waeth iti neud ddim. Jyst rhag ofn.'

Roedd Gwydion wedi gwyro yn ei flaen, ei wyneb uwchben y bocs a'i lygaid yn rhythu ar ei chwaer fach. Edrychodd hithau ar y bocs eto. Ei meddwl wedi troi'n bwdin reis o beth.

Roedd golwg daer ei brawd a thic-tician gwag y cloc yn dechrau codi ei gwrychyn. Felly, cythrodd am y bocs, ei agor yn y fan a'r lle ac estyn am y cyfarwyddiadau.

Ddywedodd Gwydion yr un gair, dim ond gwylio'i chwaer yn craffu ar y geiriau o'i blaen. Ddywedodd hithau ddim byd, dim ond cerdded o'r stafell efo'r prawf yn dynn yn ei llaw a rhoi clep i'r drws y tu ôl iddi.

Eisteddodd ar ochr y bàth ar ôl gwlychu'r ffon fach wen. Ac aros. Dechreuodd ei stumog droi. Doedd hi ddim. Fedrai hi ddim bod. Ond eto . . . Roedd y meddyliau yma'n troi'n wyllt yn ei phen. Rhythodd ar y ffon, ar y ffenest fach glir, a gwasgu. Gwyliodd am yn hir. Roedd munudau wedi llusgo heibio, mae'n debyg, ond, yn y man, gwelodd linell yn hollti'r ffenest, ac yna, un arall. Gollyngodd ochenaid. Dwy linell las.

Mae'n edrych draw i gyfeiriad y maes parcio sydd yn y pellter ac yn gweld un car glas yno, a'i liw ar bylu. Criba'i bysedd drwy'i gwallt tywyll. Mae'r gwylanod yn dal i grio. Y tonnau'n dal i droelli. A hithau'n dal i sbio.

*

Gwthiodd y ffon i'r gêr nesaf. Dyna a wnâi Rian pan fyddai angen llonydd arni i feddwl – neidio i'r car a gyrru. Roedd y radio'n rŵn annelwig yr ennyd honno, a hynny'n ei helpu i geisio sadio'i meddwl. Prin roedd angen iddi wir ganolbwyntio ar y lôn mewn difri gan y gwyddai am bob tro, pob pant, a phob newid mewn cyflymder fel petai'n nabod corff cariad. Car-iad.

Doedd hi ddim wedi bod â chariad ers dros flwyddyn a hanner. Wel, dim un iawn beth bynnag. Roedd yna ambell un wedi croesi ei llwybr, ond heb oedi'n hir. Ambell ffling-noson-allan. Ond dim un o'r rheiny ers tro byd. Felly sut fedrai hi fod yn . . . ?

Tarodd y signal a dechrau arafu. Trodd i'r chwith, ac i mewn i lôn gul.

Dros bedwar mis.

Roedd ei chorff wedi dechrau newid yn barod. Yr hen gyfog nodweddiadol o foreau yn dechrau gostegu, ond poenau eraill yn cymryd ei le. Hen ddŵr poeth, a hithau erioed wedi profi hynny o'r blaen. Ei chymalau'n gwynio ambell fore. Ei bronnau wedi chwyddo fymryn. Roedd hi hyd yn oed wedi dal ambell un yn edrych arni ddwywaith yn y swyddfa. A bu bron iddi gyfarth arnyn nhw i stopio'i llygadu. Ond brathu ei thafod a wnaeth a damio'n ddistaw bach.

Pwysodd y sbardun yn drymach a newidiodd y gêr.

Bu Gwydion yn dipyn o boen hefyd. Byth ers y prynhawn hwnnw yn y gegin, bu fel iâr yn gori o'i chwmpas. Bu'n dipyn o ffrae rhyngddyn nhw i ddechrau, wrth i Gwydion edliw iddi am fod mor benchwiban ac afreolus. Ond waeth faint roedd hi'n dadlau, bu'n hir cyn iddo'i chredu. Ac, a dweud y gwir, roedd Rian yn dal i ryw amau a oedd ei brawd yn ei choelio mewn difrif bellach, er ei fod wedi meddalu cryn dipyn efo hi.

A, do, bu hi'n hel meddyliau am ddiwrnodau bwygilydd ynghylch pwy fedrai'r tad fod. A phryd ddigwyddodd pethau. Bu'n meddwl a meddwl ac yna, un noson, wrth iddi yrru adref o'i gwaith, fe'i trawodd. Doedd ganddi ddim tystiolaeth fel y cyfryw nac unrhyw gof pendant, ond roedd hi'n cofio dioddef yn enbyd y bore wedyn. Cofio deffro â gordd yn curo yn ei phen. Cofio chwydu'i pherfedd. Cofio teimlo'n waeth nag a deimlasai erioed o'r blaen ar ôl noson fawr. Gwen. Laura. Yr wynebau lu y daethai ar eu traws yn y tŷ yna. Drws y llofft yn cau a'r stafell wedi'i llyncu gan ddüwch. A hithau'n cofio dim wedyn.

Gorfu iddi droi'r llyw yn siarp er mwyn troi oddi ar y lôn.

Mae'n rhaid mai'r noson honno ddigwyddodd pethau, casglodd. Aeth hi drwy'r felin o deimladau wedyn. Cywilydd. Ansicrwydd. Ofn. Chwithdod. Ond ddywedodd hi'r un gair am hynny wrth Gwydion. Doedd hi ddim am i'w brawd edliw iddi ymhellach am fod mor feddw fel na allai gofio'n iawn beth ddigwyddodd. Os mai meddw yn unig oedd hi.

Teimlodd yn sâl.

Bu felly am yn hir. Ond roedd un ateb wedi'i gynnig ei hun iddi. Un ateb a fuasai'n datrys y cyfan ... Un ateb oedd fel pry'n swnian ar gyrion ei meddwl.

Arafodd ac ymunodd â'r lôn bost.

Roedd hi'n bedair ar hugain oed. Yn dal i fyw efo'i brawd, er mwyn dyn. Yn dal efo rhestr hirfaith o bethau yr hoffai eu gwneud cyn cael ei chlymu wrth gyfrifoldebau mamol. Ond fedrai hi ddim dychmygu dweud y gair, heb sôn am ofyn amdano yng ngŵydd doctor a fuasai'n siŵr o ddod i'w gasgliad ei hun ynglŷn â'i rhesymau dros ystyried hynny. Bu'r hen chwerwedd yn ei chorddi. Hen ansicrwydd. Hen deimlad-pethau-ar-chwâl. A hithau heb wir syniad sut i'w cydio ynghyd. Er-thyl-u.

Trodd i'r dde. Arafu. Gyrru fel malwen cyn dod â'r car i stop yn y maes parcio.

Fentrodd hi ddim yngan y gair o flaen Gwydion. Feiddiodd yntau ddim sôn amdano chwaith, er iddo, mae'n debyg, fod wedi meddwl am y peth. Ond, ar ôl y sioc gyntaf honno, ac ar wahân i'r sylwadau bach pigog bob nawr ac yn y man, bu Gwydion yn dipyn o gefn iddi.

'Ga i fod yn Yncl Gwyds, yli!'

Yntau wedi dechrau hel syniadau am yr un bach. Enwau posib. Y llefydd yr hoffai eu dangos iddo fo neu iddi hi. Y pethau bach a fuasai'n golygu cymaint flynyddoedd wedyn; fel y tro cyntaf y byddai'r babi'n codi'i law i gyfeiriad aderyn, neu'r tro cyntaf y byddai'r babi'n yfed diod ar ei ben ei hun.

'Ti'n bod yn wirion,' dywedodd Rian un bore, gan esgus ei ddwrdio.

'Wel, ma'n iawn imi fod, tydi? Dyma'r peth agosa at fod yn dad go iawn ga i, yn te, del?'

A chaledodd ei lygaid am ennyd. Ennyd fer a arhosodd efo Rian am yn hir. Y cysgod poen yng nghanhwyllau ei lygaid.

Nodiodd hithau a gorffennodd sychu'r bowlen oedd yn ei llaw.

Aeth at y ddesg. Roedd y ddynes y tu draw yn brysur â'i phen yn ei ffôn. Cliriodd Rian ei gwddw. Ar hynny, cododd y ddynes ei phen, gan gadw'i ffôn yn sydyn, a mentro gwên.

'Arianrhod Lewis.'

'Arian . . . ?'

'Arianrhod Lewis . . . '

'Ocê. 'Na i jyst jecio chi fewn . . . Dêt o' by'th?'

Roedd y coridor yn weddol dawel, ar wahân i nyrsys yn pasio, ambell bortar yn gwthio troli, ac, wrth gwrs, cyplau. Dau gwpwl. Y naill yn eu harddegau a'r lleill yn siŵr o fod yn tynnu at eu deugain oed. Dau bâr, a hithau yn eu canol nhw fel llychyn strae.

'Dêt o' by'th, plis?' gofynnodd y ddynes eto.

Caeodd y drws yn ysgafn a suddodd i sedd y gyrrwr.

Estynnodd am y paced Nurofen a'r botel ddŵr o'i bag. Roedd yr hen gur yn ei phen wedi dychwelyd. Ond wrth iddi wthio tabled o'r paced, meddyliodd ddwywaith. Oedd hi'n cael cymryd un? Edrychodd ar gefn y bocs a sganio'r sgwennu'n sydyn, heb brosesu dim ohono mewn difri. Yna agorodd y ffenest, taflodd y dabled allan a chladdu ei phen yn ei dwylo. Caeodd ei llygaid yn dynn wedyn. Anadlodd yn drwm. A bu felly am sbel go hir.

Yn y man, cododd ei phen ac edrych ar ei hadlewyrchiad yn y drych canol. Roedd ôl diffyg cwsg yn gleisiau ysgafn dan ei llygaid, a'i gwallt yn goferu'n flêr o boptu'i hwyneb.

Oedodd.

Simsanodd.

Estynnodd am ei bag a chwilio am y llun.

Y llun du a gwyn a oedd fel cysgod blodyn. Edrychodd arno'n fanwl, gan redeg ei bysedd ar hyd llinellau'r siapiau.

Dau. Dau flodyn yn cordeddu ynghyd. Y ddau'n wynebu'i gilydd mewn cwsg braf. Trodd ei stumog, a gosododd un llaw ar ei bol. Edrychodd ar y llun eto. Fedrai hi ddim wir gredu mai dyma lun o'r hyn oedd dan ei llaw. Yr hyn oedd yn blodeuo oddi mewn iddi. Cododd ei phen ac edrych ar ei hadlewyrchiad eto.

Sut fedrai hi fod yn ddigon cryf? Sut fedrai hi ofalu am y blodau bach yma a sicrhau'r gorau iddyn nhw?

Sut fedrai hi fod yn 'fam'?

Edrychodd ar y llun unwaith eto a gwasgu'i ochr yn galed. Roedd mymryn o gryndod yn ei llaw.

'Ew, golwg dda a'n' ti,' meddai Siwan, ysgrifenyddes y cwmni.

'Diolch . . . wedi blino braidd, deu' gwir,' atebodd Rian.

'O, ma' hynna'n naturiol, tydi? O'n i 'tha *zombie* weithia pan o'n i'n disgwl Cian!'

'Wel, gobeithio 'neith hyn helpu,' meddai gan gyfeirio at y gwpan Costa yn ei llaw.

'O, cofia, paid ag yfad gorfmod o goffi. 'Di caffîn ddim yn dda –'

Ond torrodd Rian ar ei thraws, '*Decaf* 'di o.'

Roedd arni eisiau dweud wrth Siwan a'i gwên deg nad oedd hi'n dwp, ei bod hi wedi stopio smocio, stopio yfed, a rhoi heibio rhai o'i hoff fwydydd fel roedd y fydwraig drwynsur wedi mynnu. Ond gwenodd yn dawel wrth i Siwan chwerthin yn yddfol.

'O, feri gwd, 'ta!'

Seren aur i'r hogan feichiog! meddyliodd Rian cyn cerdded at ei desg.

Bu'r diwrnod yn eithaf diflas. Llwythi o ffurflenni angen eu prosesu. Gwaith diddiolch, ond gwaith oedd yn ei chadw'n ddiddig.

Tua dau o'r gloch y prynhawn, daeth Rhys ati â mwy o ffurflenni i'w prosesu, a'i sgwrs yn gynnil. Ymdrechodd Rian yn daerach nag arfer ond yr un ymateb a gâi, yn ôl ei arfer yn ddiweddar: gwên, nòd, dweud ambell beth heb edrych i'w llygaid yn iawn, nòd arall, a throi ar ei sawdl.

Prin fod angen iddi feddwl beth oedd achos y newid yn ei agwedd. A theimlodd Rian fymryn yn euog am ei fod, ar ei waethaf, yn dal yn weddol sifil – yn ddiniwed o ddyn.

Estynnodd am y ffurflen nesaf ac agor tudalen Excel newydd.

Caeodd Gwydion y giât ar eu hôl. Gwichiodd. Roedd yn hen arfer gan Gwydion a Rian i geisio agor a chau giât y fynwent heb iddi wneud sŵn. Ers pan oedd y ddau'n blant bach ac yn dod yno i roi blodau ar fedd eu nain a'u taid, byddai'r naill yn agor y giât a'r llall yn ei chau mewn cystadleuaeth â'i gilydd. Gwydion fyddai'n llwyddo fel arfer. Roedd y gallu ganddo fo, tra bo Rian fymryn yn llai pwyllog. Ond y diwrnod hwnnw, gwichiodd y giât yn gyfeiliant i sŵn camau'r brawd a'r chwaer ar ro'r llwybr.

Roedd y fynwent yn wag ar wahân iddyn nhw, a hynny'n plesio Rian i'r dim. Roedd yn gas ganddi pan fyddai galarwr arall yno hefyd. Y chwithdod. Y teimlo rheidrwydd tynnu sgwrs-heb-gynffon oherwydd bod anwyliaid dau ddieithryn wedi eu claddu yn yr un man. Roedd Gwydion yn wahanol, wrth gwrs. Hoffai dynnu sgwrs â'r hwn a'r llall; yn wir, roedd ganddo'r huodledd i allu siarad efo unrhyw un ac am unrhyw beth. Byddai Rian yn cenfigennu wrtho unwaith, oherwydd ei allu cynhenid. Nid felly heddiw. Dim ond nhw ill dau oedd yno, ac roedd hynny'n braf.

Safodd y ddau o flaen y garreg. Roedd hen smwclaw yn glynu'n styfnig i'w dillad ac yn golchi'n fân dros yr enw 'Dôn Lewis', a oedd yn aur ysgafn ar y garreg las.

Ar ôl ychydig, plygodd Rian yn ei chwman a dechrau gosod y blodau yn y potyn.

'Mi fydd angen inni ddod ag un newydd yma; mae 'na dwll yn hwn, 'sti,' meddai, wrth godi'r potyn i olwg ei brawd.

Nid atebodd Gwydion.

Trodd Rian yn ôl at y potyn a gosod y blodau. Byddai wedi hoffi bod yno ar ei phen ei hun yr ennyd honno. Dim ond hi a'i mam. Byddai wedi hoffi siarad â hi. Trafod ei phryderon. Bwrw ei bol yng ngŵydd yr un y teimlai hapusaf yn ei chwmni. Ond fedrai hi ddim. Fuasai gwneud hynny o flaen Gwydion ddim yn teimlo'n iawn. Er ei fod yntau'n agos at eu mam, ac yn ofalgar o'i chwaer, fuasai chwydu'i pherfedd emosiynol ddim yn iawn o'i flaen, am ryw reswm.

Bu tawelwch am ennyd go faith.

Bref dafad i'w chlywed yn gloff yn y cae islaw. Su'r

traffig fel su gwenyn yn y pellter. Ac anadl Rian yn trymhau fymryn. Cymerodd anadl ddofn a chododd yn y man. Ei chefn yn tynnu braidd.

'Ti'n ocê?'

'Champion.'

'Hei, 'sdim isio bod mor siort,' dwrdiodd Gwydion yn ysgafn.

Trodd Rian ei phen fymryn wrth deimlo anniddigrwydd yn ei stumog, a rhoddodd ei dwylo i bwyso ar ei bol. Hoeliodd ei llygaid ar y lôn bost yn y pellter. Anadlodd. Un. Dau. Tri. Pedwar...

'Hei, be sy'?' gofynnodd Gwydion, ond cyn i Rian gael cyfle i ateb, dechreuodd ei jîns dywyllu.

'O, mam bach!' Aeth Gwydion ati a rhoi ei fraich amdani. 'Mam bach!'

'Gwydion!' Gwasgodd ei dwylo am ei bol y mymryn lleiaf.

'O, shit! Ma'n amsar, tydi?! . . . Mam bach! Fa'ma o bob man! . . . Ty'd rŵan, del.'

Cythrodd am ei braich ond ysgydwodd Rian ei hun yn rhydd. Roedd o'n ei mygu hi. Yna, mentrodd gerdded o'i blaen – ei harwain yn ofalus o'r fynwent, a hithau bron yn ei chwman.

Doedd hi erioed wedi clywed distawrwydd fel hyn o'r blaen. Nid tawelwch. Buasai tawelwch yn awgrymu rhyw gyflwr heddychlon. Braf. Y dim-sŵn-dymunol. Nid felly'r ennyd honno. Roedd cri'r cyntaf mor glir. Llais newydd yn llenwi'r stafell wrth iddo gael ei godi, a'i gario. Edrychodd Rian arno a gweld y llygaid gwyrddion yn llachar. A chofiodd. Fe wyddai'n iawn pwy oedd y tad. A theimlodd yn chwithig eithriadol yn gafael yn y babi. Yntau'n gynnes braf yn ei herbyn. Yn gwingo'n ysgafn, ac ambell gri fach, fach yn crwydro o'i geg yn awr ac yn y man. Ei geg fach, berffaith.

Ond roedd y distawrwydd yn mygu sŵn y bychan. Distawrwydd, a wynebau cadarn. Llygaid yn gwibio o'r naill i'r llall. A'r gwir yn gri fud.

'I'm sorry, but . . . '

A chlywodd Rian mo weddill y frawddeg. Fe welai geg y doctor yn symud. Y nyrs wrth ei ochr yn ei ategu. A Rian ddim callach. Gwyrodd ei phen ac edrych ar y babi yn ei chôl. Agorodd yntau ei lygaid ar led, a sgleiniodd y gwyrddni'n gythreulig. Llygaid-darllen-sêr. Llygaid ei dad. Trodd Rian ei phen a chwydodd ar y llawr wrth y gwely.

Brysiodd nyrs at ei hochr a sychu'i cheg. Edrychodd i fyw llygaid y fam newydd. Dechreuodd Rian grynu er ei bod yn chwys domen, wrth edrych ar y gwely bach gyferbyn.

Gwêl y ddau yn cyrraedd y car. Y naill, â'i wallt melyn cwta, yn mynd am ddrws y gyrrwr; y llall yn oedi, yn edrych tu ôl iddo i gyfeiriad y bwthyn ar ben y bryn. Mae'n edrych arni hi. Mae hithau'n edrych arno yntau. Roedd hi wedi synnu braidd wrth ei weld, pan agorodd hi'r drws. Ei wyneb yn bantiog a'i wallt wedi teneuo. Roedd y llall â'i wyneb yn sgwâr, blewiach mân ar ei ên, a gwên yn simsan ar ei wedd. Mae o'n camu i mewn i sedd y gyrrwr rŵan. Mae'r llall yn dal i edrych ar y ddynes sydd bellach yn ddiarth ym mhen ei gardd. Ei gwallt wedi tywyllu a'i hwyneb yn gadarn; heli'r awel yn hoelio'i llygaid arian.

*

Estynnodd am y pecyn cewynnau a'u gosod yn ei basged drws nesaf i'r potyn SMA. Dyma'r trydydd tro'r wythnos honno iddi ddod i'r archfarchnad i nôl y powdwr i Lleu. Nid fod y babi'n yfed y ddiod fel sbio, ond bod ei chof bellach fel gogor. Bu'r misoedd diwethaf yn sioc i'r system ond roedd hi wedi rhyw obeithio y buasai, ar ôl saith mis, yn dechrau teimlo fel hi ei hun eto.

Estynnodd am botyn SMA arall – gwell bod yn rhy barod.

Parhaodd ar hyd yr eil ac wrth iddi droi'r gornel, gwelodd un o'r hogiau siop roedd hi'n rhyw nabod o ran ei weld.

'Ti'n iawn?' gofynnodd i Rian. Cwestiwn ffwrdd-â-hi. A dyna'r cwestiwn fyddai pawb yn ei ofyn iddi.

'Sutwytti?'

'Ti'niawn?'

'Pahwylheddiw'ma?'

A'r un wyneb-biti-drosti gan bawb a wyddai beth oedd wedi digwydd.

'Hei, ti'n ocê? Ocê go iawn 'lly?' Gwen. Ei ffrind gorau oedd yn nabod Rian yn well na'r rhan fwyaf. Ei llygaid yn daer yn edrych ar Rian. Oedodd hithau, gan edrych ar Gwen yn magu Lleu. Oedodd, a nodiodd yn dawel.

Gwenodd Gwen wrth weld y peth bach â'i fop o wallt yn gwingo'r mymryn lleiaf.

'Panad?' gofynnodd Rian ac aeth am y gegin cyn cael ateb.

Cribodd Rian gudyn strae o'i llygad wrth iddi droi i mewn i ran ddillad y siop. Heb feddwl bron, aeth i edrych ar rai o'r *babygrows* bob lliw. Gafaelodd mewn un melyn. Buasai hwnnw'n siwtio Lleu i'r dim. Ond doedd dim angen iddi brynu un gan fod y tŷ dan ei sang efo dillad babi ar gyfer pob oed a siâp. Pobl wedi bod yn glên. Yn teimlo-piti-o-ffeind. Rhoddodd y dilledyn yn ôl, ond wrth wneud hynny, sylwodd ar un glas. Glas ysgafn. Glas-awyr-ddigwmwl. Glas-llygaid-Dylan. Doedd o ddim hyd yn oed wedi agor ei lygaid, ond roedd Rian wedi mynnu cael gweld eu lliw. Fel edrych mewn drych. Llygaid ei fam oedd bellach yn bŵl.

Gosododd y dilledyn yn ôl a'r y rêl a throdd yn ei hunfan fel petai ar fin cerdded, yna, stopiodd. Ffrwynodd ei hun a rhwbio'i llygaid yn sydyn, cyn edrych ar gynnwys ei basged eto. Bu felly am rai eiliadau, yn sefyllian a sbio. Yn y man, cliriodd ei gwddw a gosododd y fasged ar lawr. Aeth yn ôl i gyfeiriad eil-y-pethau-molchi-ac-ati a chydio mewn bocs lliwio gwallt. Du. Cerddodd at y ciosg, gofyn am baced o ugain, a thalu yn y fan a'r lle – gan deimlo fel petai mewn swigen.

Trodd am ei char a thaniodd smôc. Tynnodd arno'n drwm, gan ei deimlo'n llenwi'i phen yn llwyr. Tynnodd arno eto, ac eto, ac eto, ac, yn y man, tagodd ar y mwg. Agorodd y ffenest a rhoi ffluch i'r hanner smôc tu allan. Tagodd eto. Rhwbiodd ei llaw ar hyd ei hwyneb cyn estyn ei ffôn, ac agor neges destun:

Sori. Fedra i'm gneud hyn. Mi fyddi di'n well
rhiant na 'swn i 'di medru bod.
Sori, Ri x

*

Arhosodd am ennyd i ailddarllen y neges. Roedd ei llygaid yn pigo erbyn y diwedd ond gorfododd ei hun i deipio'r enw 'Gwydion'. Pwyso'r botwm 'Anfon'. Ac ar hynny, agorodd y ffenest eto a gollwng ei ffôn tu allan.

Caeodd y ffenest, tanio'r injan, ei dwy law yn dynn am y llyw, a gyrru o'r maes parcio. Gyrrodd o'r dref. Gyrrodd o'r sir. Gyrrodd oddi wrth ei hen fyd.

'Y'n ni'n reit strict man 'yn. So ni isie unrhyw Tom, Dic a Harry yn lando 'ma,' meddai Mel, landlord y bwthyn.

'Fydd hynna ddim yn broblam,' atebodd.

'Wan hyndryd an' ffiffti pown' pyr wîc 'efyd. Fydd 'ny'n broblem?'

'Dim o gwbl.'

'A *cash in hand*!'

'Champion.'

Cytunwyd ar delerau penodol a rhoddwyd y goriadau yn ei llaw.

Fuodd hi'n ddim o dro nes iddi gynefino â'r dref lan môr hon. Roedd hi wedi crwydro'r llwybrau cyhoeddus, wedi taro i mewn i sawl siop, ac wedi dod i nabod ambell wyneb yma ac acw cyn pen ei mis cyntaf yno. A llwyddodd i gael gwaith.

Aeth i'r siop bapur leol a gweld tair hysbyseb yno'n chwilio am rywun i lanhau: un i hen weddw a oedd yn byw efo'i sbaniel, un i brifathro ifanc a'i wraig, ac un i dŷ haf wrth lan y traeth. Ffoniodd y tri rhif ac fe'i cyflogwyd yn y fan a'r lle. Llwyddodd hefyd i gael ambell shifft yn y Crown yn ogystal. A rhwng y busnes glanhau a'r gwaith bar, enillai ychydig dros ddigon i dalu ei rhent wythnosol. Bu'n byw'n gynnil felly am yn hir, ond roedd hynny'n iawn ganddi. Roedd bod mor agos at lan y môr fel petai'n ei lliniaru.

Ac fel hynny y bu am rai wythnosau, yn talu'r rhent, yn gwario ar ddigon o fwyd i'w chynnal, ac yn hel celc bach at y dyfodol. Fentrodd hi ddim defnyddio'i cherdyn banc am yn hir. Roedd arni ofn os oedd Gwydion wedi bod yn chwilio amdani y buasai modd olrhain hanes gwario'i cherdyn. Felly, unwaith yn unig gododd hi bres o'i chyfri o fewn y tair blynedd gyntaf, a hynny pan neidiodd ar y trên un diwrnod tawel, mynd i Lerpwl a galw heibio banc yno. Os oedd rhywun yn chwilio amdani, yna câi siwrne seithug i'r ddinas honno.

Ac fel hynny y bu am flynyddoedd: yn gweithio, yn cymdeithasu y tu ôl i'r bar yn y Crown, ac yn crwydro'r ardal yn ddigyfeiriad braf. Yn wir, roedd sawl un wedi dod i nabod Arianrhod Lewis, ei henw'n weddol anghyffredin a'i gwallt tywyll yn goferu'n dlws o gylch ei hwyneb.

Gwelodd hi sawl blwyddyn yn treiglo heibio, wrth i'r dref brysuro tua'r gwanwyn, mynd yn wyllt yn yr haf, bod yn gyrchfan i helwyr mwyar duon yr hydref, ac ymlacio'n dawel braf yn y gaeaf. Roedd hi wrth ei bodd yn crwydro'r traeth yn y gaeaf, pan fyddai oerfel a heli'n gymysg ar wefus. Roedd llonydd i'w gael yna. Wrth wylio'r llanw'n troi. Wrth edrych ar gychod ar y gorwel. Wrth sbio ar y byd a'i bethau.

Yna, un prynhawn yng nghanol y gaeaf, daeth i benderfyniad. Bu'n hel meddyliau am hyn ers hydoedd, a pho fwyaf y ceisiai beidio â meddwl amdano, mwya'n byd y chwaraeai'r union beth ar ei meddwl. Felly, estynnodd am bapur a beiro, gwnaeth baned o goffi du, ac aeth i eistedd yn yr ardd. Ar y gorau, doedd hi'n fawr o sgwenwraig, ond roedd hi'n benderfynol y buasai hi'n troi gair yn epistol y diwrnod hwnnw.

Mae'n gwylio'r car yn troi o'r maes parcio ac yn gyrru ar hyd y ffordd, i fyny'r llethr, dros y foel, ac o'r golwg yn llwyr. Saif yno am ennyd, ei breichiau'n dynn amdani, a'i gwefus yn crynu'r mymryn lleiaf. Clyw'r tonnau'n tylino'r traeth islaw. Y gwylanod yn gôr. A hithau, â'i llygaid arian, a'i gwallt-lliw-brân, yn simsan.

NYFAIN

Lleucu Roberts

Ar drothwy gaeaf noethlwm 2020, ganed Nyfain, fy wyres, gan chwistrellu haul i'n hesgyrn brau mewn byd llawn enfysau. Yn 458 ganed Nyfain arall, un o lu o blant Brychan Brycheiniog, a mam yr efeilliaid, Efrddyl ac Urien, a ddaeth yn Urien Rheged, Brenin un o deyrnasoedd yr Hen Ogledd. Dyn o'r enw Cynfarch Oer ap Meirchion Gul oedd gŵr Nyfain, ffaith a allai fod yn un o'r rhesymau pam y cafodd ei gwneud yn santes.

Nyfain debycach i'r ail o'r rhain yw Nyfain y stori hon.

'Gwed eto, Mam, gwed eto!'

'Dwi wedi gweud, sawl gwaith . . .'

'Gwed eto,' medd y llall, yn dynwared ei hefaill. 'Gwed thtori Dad!'

Ochneidiodd Nyfain fel pe bai hi wedi blino dweud y stori. Sut roedd Cynfarch wedi'i dewis hi, o holl ferched y ddaear, i fod yn wraig iddo; a sut roedd e wedi prynu'r fodrwy hardda yn y siop yng Nghaerdydd i'w rhoi ar ei bys; sut roedd e'n arfer codi bob bore am saith i fynd i redeg ar hyd strydoedd y ddinas i gadw'n heini; sut roedd e'n arfer sgorio goliau dirifedi dros ei dîm pêl-droed; sut roedd e'n arfer marchogaeth ceffylau fel y Brenin Arthur dros erwau'r wlad; sut roedd e'n arfer gwneud iddi chwerthin nes bod ei bol hi'n brifo; sut roedd e'n arfer eu cario nhw'u dau ar ei gefn pan oedden nhw'n fabanod, neu eu codi yn ei freichiau tua'r haul, cyn rhoi swsus rif y gwlith ar eu talcenni; sut roedd e'n arfer eu galw nhw'n 'drysorau bach Dad'.

Roedd Urien wedi rhedeg yn ei ôl at y siglenni a'r llithren cyn iddi gyrraedd y diwedd y tro hwn, ond roedd e'n galw 'nôl arni i ddal ati gyda'i straeon am Dad, i beidio â stopio – gallai esgyn a disgyn y llithren heb golli gair o'r hyn roedd hi'n ei ddweud.

'Fel hyn 'se Dad wedi dod lawr, ynde, Mam?'

A gorweddodd ar ei fol ar y llithren ac estyn ei freichiau ar led cyn plymio i'r gwaelod.

'Cym di ofal, 'mach i!'

'Thwt oedd Dad yn cario Urien a fi?' holodd Efri ar ei glin.

'Un ar bob braich,' atebodd Nyfain y cwestiwn fel pe na bai wedi'i ateb ddegau o weithiau o'r blaen. Cododd ei breichiau i ddangos: 'Urien ar y fraich dde, ac Efri ar y fraich chwith!' Chwarddodd Efri'n llawn cyffro fel y gwnâi bob tro wrth ddychmygu ei hun yn fabi yn hofran yn yr awyr ar fraich ei thad.

Gwyddai Nyfain pa gwestiwn oedd yn dod nesa.

'Shwt oedd e'n rhoi sws i ni?' galwodd Uried o frig y llithren unwaith eto.

'Un i Urien,' a thaflodd Nyfain gusan at ei braich dde a oedd yn dal i gario'r babanod anweledig. 'Un i Efri,' gwnaeth yr un peth at ei braich chwith. 'Ac un i Mam,' taflodd gusan i'r awyr.

'A lle oedd e'n gweiffio?' gofynnodd Efri.

'Dere nawr, ti'n cofio lle oedd e'n gweithio,' gwenodd Nyfain ar ei merch fach.

'Yn y Thenedd!' gwaeddodd Efri gyda'r un brwd-frydedd â rhywun a wyddai'r ateb i'r cwestiwn miliwn ar y sioe deledu.

'Ie wir,' meddai Nyfain. 'Yn Senedd Cymru!'

'Fe oedd bòs Cymru,' galwodd Urien o ymyl y ffrâm ddringo.

'Ddim y bòs, ond rhywun llawer gwell na'r bòs,' galwodd Nyfain. Roedd Urien wedi bod ychydig bach yn rhy hoff o'r syniad o fosys ers iddo ddechrau yn yr ysgol feithrin. Doedd dim hierarchiaeth i'w siarad cyn i'r ddau ddechrau treulio eu boreau yng ngofal rhywun heblaw hi.

'Hei, mae'n bryd i ni'i throi hi,' galwodd arno, gan godi Efri oddi ar ei glin i'w gosod ar ei thraed. Daeth protest o gyfeiriad y ddau, un 'Oooo' hir a fygythiai lawenydd eu horig fach allan o'r tŷ, a'r siarad mor hapus am Dad. Estynnodd Nyfain ei dwy law allan o boptu iddi.

'Hufen iâ i de?' galwodd, yn lle ymroi i ddadl. Ac unwaith eto, fe weithiodd ar unwaith. Rhedodd Urien i afael yn ei llaw dde, a daeth llaw fach Efri i gynhesu ei llaw chwith. Cerddodd y triawd drwy giât y parc a throi am adre.

'Am y cynta i weld tŷ ni,' meddai Nyfain fel y gwnâi bob tro.

Ac ymhen cwta ddwy funud, roedd y naill neu'r llall – Urien gan amlaf – wedi galw 'Fiiiii!' dros bob man, Efri wedi sgrechian 'Na, fiiiiiiiii' gan dynnu ar law ei mam mewn protest, a Nyfain wedi barnu bod y ddau wedi ennill, a'r ddau'n haeddu sos mefus ar eu hufen iâ.

Ond heddiw, roedd meddwl Urien yn rhywle arall.

'Pam nath e farw, Mam?' gofynnodd, a'i lygaid ar y pafin wrth droi'r tro yn lle chwilio'r gorwel am dalcen eu cartref.

Dyma gwestiwn nad oedd hi wedi'i gael gan yr un o'r ddau o'r blaen. Cawsai ddegau: rhai hawdd, rhai ychydig yn fwy anodd. Ond doedd dim yn haws na disgrifio'i gŵr, eu tad, i'r plant. Dweud wrthyn nhw cystal dyn oedd e. Byddai Nyfain yn treulio llawer o'i hamser yn meddwl tybed oedd ganddyn nhw ddarlun go iawn o'u tad yn eu pennau. Echnos ddiwetha, amser stori'n gwely, roedd hi wedi gofyn iddyn nhw faint roedden nhw'n ei gofio am eu tad, a'r cyfan gafodd hi 'nôl oedd y pethau roedd hi wedi'u dweud wrthyn nhw amdano. Dim arlliw o ddim a allai fod wedi bod yn gynnyrch eu cof eu hunain. Ond prin y gallai synnu: roedd naw mis bron yn chwarter hyd eu hoes.

'Shwt, ti'n feddwl.' Roedd hi wedi ateb hwnnw droeon. Fel parot. Am y llithro enbyd ar y dorlan wrth iddo geisio rhyddhau dryw bach o fachiad darn o weiren bigog.

'Na, *pam* . . . ?' holodd Urien eto.

Anadlodd Nyfain yn ddwfn. Am gwestiwn. Roedd hi wedi meddwl am bob cwestiwn posib o enau'r ddau, rhwng nawr a diwedd amser. Ond doedd 'pam' ddim yn un ohonyn nhw.

'Dwi ddim yn gwbod,' meddai. Er ei bod hi'n gwybod yn iawn.

'Wyt,' meddai ei mab bach tair oed. 'Ti'n gwbod popeth.'

Ystyriodd Nyfain. Oedd, roedd hi'n gwybod popeth am beth ddigwyddodd i Cynfarch. Pob dim y gallai gwraig ei wybod. Am ei fyw, am ei farw. Ond doedd 'na ddim ateb y gallai ei roi i gwestiwn 'pam' ei mab. Penderfynodd ddweud celwydd.

'Am fod gan Dduw bethe iddo fe'u gwneud,' meddai'n dawel.

Cerddodd y tri yn eu blaenau, bob un yn troi hyn rownd yn eu meddyliau.

''Sgwrs,' meddai Urien yn y diwedd, mewn llais a ddangosai fod yr ateb yn amlwg wedi'r cyfan. 'Siŵr bod Duw'n hapus bo' Dad 'na i helpu fe.'

Roedden nhw wedi cyrraedd giât y tŷ. 'Gofalus!' gwaeddodd Nyfain ar y ddau a oedd, fel arfer, yn cyflym ryddhau eu dwylo o'i rhai hi i gael rhedeg ar hyd y llwybr at y drws. Gwyddai o hir arfer mai yn syth at y drws yr anelai'r ddau, ond nid oedd ei wybod yn ddigon i wneud iddi atal ei gorchymyn i gadw'n bell o'r afon. Chwe cham (oedolyn) oedd rhwng y tŷ a'r afon, ac er iddi ffonio'r dyn-gosod-ffensys dair gwaith dros yr wythnosau diwetha, roedd e'n dal heb ddod i osod y ffens bren uchel roedd hi'n ysu amdani. Roedd hi wedi gosod ffens weiren ei hun, ond doedd honno ddim yn ddigon i leddfu ei phryderon. Doedd hi ddim wedi llwyddo i gau'r bwlch bach rhwng y postyn olaf ar ben draw'r ffens a'r man lle roedd y tir yn codi, a gwyddai mai dod yn haws ac yn haws i bedair troed fach ei ddringo a wnâi'r twmpath bach ar lan y dŵr. Roedd rhyw esgus gwahanol gan y dyn-gosod-ffensys bob tro, ac roedd pen draw i'w hamynedd hi. Byddai'n rhaid iddi chwilio am rif rhywun arall fory.

Rhoddodd Nyfain ei hallwedd yn y clo, a theimlo'r drws yn chwipio ar agor wrth i bedair braich fach o boptu i'w chluniau ei wthio â'u holl nerth.

'Nos da, blant,' meddai Nyfain ar ôl rhoi cusan ar dalcen y ddau.

'Nos da, Mam,' atebodd y ddau, cyn codi dau bâr o lygaid at y nenfwd. 'Nos da, Dad,' cydadroddodd y ddau.

Diffoddodd Nyfain switsh y golau a gofalu gadael dwy fodfedd a hanner union o gil y drws yn agored at olau'r landin. Anelodd am y grisiau, a chyffwrdd y tolc cyfarwydd yn y wal fel y gwnâi bob tro fel defod fach er nad oedd hi fel arfer yn un i ymroi i ddefodau. Doedd ganddi fawr i'w ddweud wrth gapel na chrefydd, a synnai nawr iddi roi ateb mor slic i gwestiwn Urien y pnawn hwnnw. Prin roedd hi wedi siarad â'r ddau am Dduw na chrefydd, ond roedd ei mab wedi llyncu ei hateb yn ddigwestiwn. Rhaid bod yr ysgol yn gwneud ei siâr o siarad am bethau felly. Nid bod gwahaniaeth ganddi fel y cyfryw – on'd oedd y byd yn llawn o'r straeon cyfleus a chyfforddus rydyn ni'n eu hadrodd i'n gilydd? – ond roedd trywydd eu cwestiynau wedi bod mor unffurf ar hyd yr amser fel bod cwestiwn gwahanol i'r arfer wedi'i bwrw hi oddi ar ei hechel braidd.

Wrth fyseddu'r tolc yn sydyn, a bwrw yn ei blaen i lawr y grisiau, penderfynodd beidio ag oedi gyda chwestiynau y tu hwnt i'w gallu i'w hateb. Digon i'r diwrnod. Aeth i wneud paned o de iddi hi ei hun, ac anelu at y lolfa a'i chalon yn gynnes wrth feddwl am ei dau fach wedi'u lapio yn eu gwlâu uwch ei phen. Cysurodd ei hun ei bod hi'n gwneud gwaith da, y tu hwnt i bob disgwyl a dweud y gwir.

Plethodd ei dwylo am ei chwpan, a mynd at y ffenest, lle roedd yr afon yn dawnsio dros y cerrig yn y lled-dywyllwch cynnar. Prin y gallai weld ei manylder bellach a'r gwyll yn gostwng drosti, er mor agos at y tŷ oedd hi, ond gallai weld y brigau'n estyn i lawr fel be baent am yfed, ac roedd ambell frig ton yn y golwg wrth iddi nadreddu ei ffordd dros gerrig ar ymyl y lan. Fe âi'n ddyfnach gyda hyn wrth i law'r hydref ei bochio.

Ac fel pe bai natur ei hun yn darllen ei meddyliau, agorodd yr awyr a dechreuodd arllwys y glaw. Doedd dim yn well gan Nyfain na gwrando ar yr elfennau'n chwyrlïo'n chwyrn y tu allan, a gwylio'r afon yn llenwi, gan droi o fod yn llances bert yn ei dillad les a rubanau i fod yn fwystfil cynddeiriog wrth i ddyfroedd y bryniau pell saethu ar hyd-ddi.

Glaniodd llygaid Nyfain ar y llenni roedd hi wedi'u llifo ar gyfer eu hongian o flaen ffenest y lolfa. Doedd hi erioed wedi hoffi'r lliw hufen, a byddai'r gwyrdd dwfn yn llawer mwy addas ar gyfer cau'r gaeaf allan o'r tŷ. Hwyr glas iddi eu hongian. Trodd i estyn am ei chlustffonau a gwasgodd fotymau ar ei ffôn wrth eistedd wrth y bwrdd. Tincial Debussy fyddai hi heno, nid rhuo Rachmaninov.

Gwthiodd Nyfain y bachyn pen i'r tyllau parod ar ben uchaf y llen. Doedd y lliw ddim wedi gafael i'r fath raddau ar y beindin a gadwai'r rhychau yn eu lle, ond fyddai neb yn ei weld. Gwthiodd fachyn arall i'r twll ar y pen arall.

Roedd hi wedi dewis gwyrdd i adlewyrchu lliw'r afon ar ei dyfnaf. Lliw byw, lliw llifo dwfn nid ffrils o ewyn dros garreg. Cawsai Nyfain lond bol ar yr hufen diflas. Cododd i godi'r llen o'i blaen i'w phlygu yn ei hanner er mwyn rhoi bachyn hanner ffordd rhwng y ddau fachyn pen. Sylwodd ar yr afon drwy'r ffenest a'i gweld yn ddieithr heb ei ffrâm arferol o lenni.

Pan oedd hi'n fach, yn rhywle arall, rhywle pell, doedd afonydd ddim yn canu iddi fel roedden nhw nawr. Pan oedd hi'n fach, eu gemau nhw'r plant oedd pob dim, eu dawnsiau a'u chwerthin eu hunain, nid y byd o'u cwmpas. A phan oedd hi'n ferch ifanc, y papur lapio oedd yn ei denu gan amlaf, nid beth oedd tu mewn.

Ei wyneb, ei wên, a'i eiriau ffals amdani, dyna a'i denodd at Cynfarch. Y tonnau ar y tu allan, nid y dyfnder oddi tanynt, a hithau'n rhy barod i gamu i'r llif.

A phan newidiodd ei eiriau amdani, pan lithrodd ei wên, ei wyneb iddi, roedd hi'n rhy hwyr. Erbyn hynny, roedd eraill yn y tŷ hwn wrth yr afon. Roedd eraill i glywed ei ruo, ei gynddaredd, i'w wylio'n yfed ei hun i'w fedd fel pe bai ei fywyd yn dibynnu ar hynny, a dannod iddi'r pethau a oedd y tu hwnt i'w gallu hi i'w newid.

Eraill, mewn crud, mewn cot, mewn gwely, i'w glywed yn bytheirio arni, yn bwrw ei lid drwy ei bwrw hi. Ni wnâi Nyfain ddim mwy na cheisio bwydo'i hyder, ond roedd hwnnw'n diflannu gyda'i yrfa a phob un o'i ddewisiadau annoeth. Wnaeth hi ddim edliw, ond roedd e'n darllen edliw arni, am mai edliw oedd y llais yn ei ben. Wnaeth e ddim ceisio'i chysur chwaith. Câi hi'n haws cael hyd i hwnnw yng nghwpwrdd y stydi.

Gosododd Nyfain fachyn drwy'r beindin hanner ffordd rhwng y bachyn canol a'r bachyn pen, a rhoddodd ddau fachyn arall wedyn hanner ffordd rhwng pob un o'r rheini. Cyfrodd y bachau oedd ganddi ar y bwrdd. Roedd digon iddi allu gwneud yr un peth yr ochr arall.

Aur oedd lliw gwaredigaeth i Cynfarch. Byddai fodca clir wedi drewi llai ar ei wynt pan geisiodd erfyn ar lywydd ei blaid i roi un cyfle arall iddo. Ond aur, nid arian, ddewisodd e.

Cododd Nyfain eto i droi'r llen drosodd i roi bachau yn yr ochr arall. Bagiodd ei throed ar ei gwaelod, felly cododd ei breichiau mor uchel ag y gallai fel bod y llen yn hongian rhwng ei dwylo heb gyffwrdd â'r llawr. Doedd hi ddim am weld rhychau ynddi pan fyddai'n crogi ar y rhêl.

Tincial oedd yr afon pan ddaethant adre o'r parc, chwerthin fel merch ifanc yn dawnsio yn rhywle pell, chwerthin fel gwydr grisial tenau'n dal pob lliw am eiliad dyner, fel y lliwiau llwch ar esgyll glöyn byw. Ond bellach roedd hi'n teimlo'r chwyrnu yn ei hymysgaroedd ger seiliau'r tŷ wrth i'r glaw ei chwyddo. Doedd dim terfyn ar *repertoire* natur.

Daliai i ryfeddu pa mor wahanol oedd llais y llif ym

mhob tymor, ym mhob tywydd – bob diwrnod bron. A
phan ddaeth yr efeilliaid, daliai i wrando ag un glust
ar lais yr afon, er mor brysur oedd hi ar ei phen ei hun
gyda'r ddau fach, fore, pnawn a nos, ac er mor ddyfal
y byddai'n ceisio'u tawelu wedi i Cynfarch ddod adre,
yn llawn o'i wae a'i drueni ef ei hun, heb fawr o sylw
i'w blant, nad oeddent yn ddim mwy na gofid arall i'w
saethu'n syth at botel ei waredigaeth yn y stydi.

Weithiau gyda'r nos, a'r ddau fabi'n cysgu, pan
fyddai Cynfarch yn eistedd wrth ei ddesg yn mwmial ei
ofidiau wrth gynnwys y gwydr yn ei law, byddai Nyfain
yn eistedd wrth y ffenest am y pared ag e yn gwrando ar
yr afon a'i llygaid ar gau, yn clywed cân y llif ac yn byw
yn y lliwiau yn ei phen.

Gwthiodd Nyfain y bachyn olaf i'w le yn y llen. Byddai
gofyn gwneud y llen arall. Penderfynodd mai da o beth
fyddai llifo gweddill y llenni drwy'r tŷ. Rhyw liwiau
diflas oedden nhw i gyd, naill ai'n hufen neu'n frown
golau difywyd. Gallai eu lliwio'n lliwiau'r enfys nawr,
i'w boddio hi ei hun. I dynnu'r ddawns o'i phen. Byddai
Urien ac Efri wrth eu boddau. Sbonciodd rhyw deimlad
bach fel aderyn yn ei bron wrth gofio mor hawdd oedd
torri'r rhwymau yn y diwedd. Bron na fyddai wedi gallu
rhagweld sut y digwyddodd pethau. Wedi'r cyfan, roedd
ei fytheirio nosweithiol dan effaith y wisgi yn ddiflas o
ragweladwy, yn rhan o batrwm eu byw.

Pan oedd e'n Aelod, honnai ei fod yn aros am
bedair noson yr wythnos yn ei fflat yn y ddinas, cyn i
Bwyllgor Moesoldeb ac Ymddygiad y Senedd archwilio
ei dreuliau a chanfod nad oedd e'n byw yn y fflat wedi'r
cwbl. Ond ers i Cynfarch golli ei sedd, a cholli ffafr ei

etholaeth, ei blaid, ei gyfeillion, adre gyda nhw roedd e wedi bod fwya.

Cofiai Nyfain y sarhad a deimlodd ar fore'i dad-rithiad, pan oedd hi chwe mis yn feichiog gyda'r efeilliaid. Sarhad ar ben siom. Roedd hi wedi credu ei *fake news* er pan oedden nhw'n caru, wedi credu yn y darlun ohono a welai'r etholwyr ar y pryd: y llanc eofn, llawn arddeliad a gwerthoedd teuluol, hen ben yng nghroen dyn ifanc egnïol, heb owns yn ormod o gnawd ar ei esgyrn, yn debyg i'w wleidyddiaeth.

Newyddiadurwr ddwedodd wrthi lle roedd Cynfarch wedi bod yn treulio nosweithiau'r wythnos pan oedd e yn y ddinas. Cofiai ei wyneb yn y drws wrth iddi hi geisio'i wthio ar gau er mwyn iddi gael dadlapio'i gofid yn ei chwmni ei hun. Cofiai iddi lwyddo i boeri ei digofaint at y negesydd cyn cau'r drws arno, a chofiai iddi orfod rhedeg i'r tŷ bach i chwydu ei pherfedd wrth iddi dreulio'r hyn roedd hi newydd ei ddysgu. Dynes arall. Dim enw, dim byd, dim mwy na ffaith ei bodolaeth.

Daeth â'i wisgi adre gydag e. Gallai fod wedi peidio: roedd y papur wedi penderfynu nad oedd stori ei garwriaeth yn werth ei chyhoeddi i fyd â phethau gwell i boeni amdanyn nhw wedi i brif fosys ei blaid gael gair yng nghlust y golygydd. Gallai Cynfarch fod wedi cau drws eu cartref a dewis y darlun ohono'i hun a welai'r etholwyr er mwyn dal ei afael ar serch ei wraig. Ond yn lle hynny fe ymroes i'r Cynfarch oer.

Pan ddaeth hi'n adeg etholiad, chafodd e ddim o'r gefnogaeth roedd e'i hangen gan ei blaid yn ganolog, ac fe gollodd ei sedd. Yn lle chwilio am rywbeth arall i'w wneud, caeodd ei hun yn ei stydi i esgus byw rhyw fywyd arall yn ei ben. Pan ddaeth yr efeilliaid, edrychodd arnyn nhw a rhyfeddu at ei allu ei hun i gynhyrchu'r fath bethau, cyn ymroi i wlychu eu pennau'n ddi-stop, gan wisgo'i glustffonau pan âi eu sŵn yn ormod iddo ei oddef. Byddai'n dianc i'r stydi'n fwyfwy aml wrth i'r olygfa ohoni'n bwydo'r ddau fach droi ei stumog. Ceisiodd Nyfain ei fwydo yntau hefyd, drwy goginio prydau maethlon pan fyddai'r ddau fach yn cysgu, ond doedd e ddim eisiau bwyta. Dôi allan o'i ffau i fynd i brynu wisgi, a phrin y byddai'n ei chydnabod hi na'r plant wrth anelu am y drws.

Wedyn fe waethygodd pethau. Fe gododd y plant ar eu traed a dechrau cerdded o gwmpas y tŷ. 'Dad, Dad,' gwaeddent yn fwy a mwy taer am ei sylw gan guro drws y stydi â'u dyrnau bach. Gwyddai ei fod e'n gallu ei chlywed hi'n ceisio'u hysio oddi yno â'r esgus fod 'Dad yn gweithio' ac yn eu shyshian yn annwyl, cyn eu denu oddi yno ag addewid o hufen iâ, neu awr fach yn y parc. Gwyddai hefyd mai ei gynddeiriogi a wnâi hynny drwy gymell y teimlad ynddo ei bod hi'n ei watwar yn ei ffordd ei hun, ond pa ddewis oedd ganddi? Dôi allan ar adegau felly, i weiddi arni, i weld bai arni am eu cadw rhagddo, ac o flaen y plant, byddai'n gwyrdroi pob gair a ddôi o'i cheg, nes gwneud iddi dewi, ac wedi iddi dewi, byddai'n gweld hynny hefyd fel beirniadaeth, fel dirmyg, ac yn taflu geiriau fel picellau o amgylch ei phen i geisio ennyn rhyw ymateb, tan i'r geiriau droi'n ddyrnau.

Cofiodd Nyfain y noson ola. Roedd hi'n stormus tu allan, a'r afon yn berwi, a hithau'n tynnu at amser swper. Roedd e wedi treulio'r diwrnod yn y stydi'n yfed, yn debyg i bob diwrnod arall. Ond roedd Urien wedi bod yn ddi-hwyl iawn drwy'r dydd a phigyn clust yn gwneud iddo grio cryn dipyn, wrth i'w feddwl bach dwy a hanner fethu mynegi'n iawn beth oedd o'i le. Rhaid bod y sŵn yn uwch nag arfer, gan i Gynfarch agor drws y stydi a gwegian yn ei ffrâm wrth godi ei lais arnyn nhw. Ar unrhyw ddiwrnod arall, byddai Nyfain wedi gallu dianc i'r parc, ond roedd hi'n stormus tu allan.

Gwyrai drosti, fel ton dan gynddaredd y gwynt, yn edliw ei hanallu i gadw plant yn dawel, yr hawsaf o orchwylion. Prin y gallai yngan ei ddicter ati heb gawlio'i eiriau, a gwnâi hynny e'n fwy peryglus. Llwyddodd Nyfain i ochrgamu heibio iddo wrth i'w ruo anystywallt chwipio o amgylch ei chlustiau. Gafaelodd yn Urien ac Efri, un dan bob braich, i'w cario fyny grisiau. Rhedodd i ystafell y plant a chau'r drws. Safodd wrtho, ei hysgwydd yn barod i wrthsefyll y gwthio anorfod os oedd e'n llwyddo i ddringo'r grisiau. Clywodd e'n dod, un cam ar ôl y llall, a'i ddwrn yn taro'r wal gyda phob gris. Clywodd y plastr yn ildio i'r pwnio.

Fyddai ganddi ddim gobaith o'i gadw allan o'r stafell. Trodd Nyfain i edrych ar Urien yn ei got, a'i wyneb bach yn goch gan wres ei aflwydd a chrio. Chwaraeai Efri â thedi ar lawr. Anadlodd Nyfain yn ddwfn, gan geisio rhedeg drwy'r posibiliadau yn ei phen.

Gallai dorri un o fariau'r cot i'w fygwth. Gallai apelio arno i adael llonydd iddi (ha!). Neu fe allai geisio'i ddenu'n ôl lawr grisiau, defnyddio rhyw gynneddf ynddi hi ei hun na ddôi allan yn aml, i droi ei feddwl, i wneud iddo hoelio'i sylw ar rywbeth arall . . .

Agorodd Nyfain y drws. Roedd e yno, yn llawer mwy na maint ei gorff wrth iddo ddal ei ddwylo'n ddyrnau o boptu i'w ffrâm eiddil. Teimlodd Nyfain ei stumog yn rhoi tro wrth sylwi ar bwyri ar ymyl ei geg, a'r ffieidd-dod yn nhro ei wefus.

Gorfododd ei hun i estyn ei llaw ato. 'Dere lawr,' meddai'n dawel wrtho. 'Dere i ni ga'l munud i ni'n dau. Adawa i nhw fan hyn.'

Disgwyliai iddo fachu ei llaw a'i thynnu, ei thaflu i lawr y grisiau hyd yn oed. Ond thynnodd e ddim ohoni'n ôl. Daeth i'w phen efallai mai heno oedd ei chyfle i wthio'r olwyn yn rhydd o'i rhych.

Gwelodd e'n anadlu'n ddwfn wrth i gogs ei ben geisio gwneud synnwyr o'r gwahoddiad dieithr yn llais ei wraig. 'Dere,' meddai Nyfain eto. 'Dwi dy isie di.'

P'un a oedd e mewn cyflwr i fod eisiau dim o'r fath ai peidio, ymhen eiliad neu ddwy, fe afaelodd e yn ei llaw. Nid yn dyner: doedd yr holl wisgi a chwyddai drwy ei wythiennau ddim yn caniatáu tynerwch. Ond mewn ffordd a ddynodai na fyddai'n amhosib dofi'r storm ynddo. Camodd Nyfain i'w gyfeiriad. Ceisiodd yntau ynganu geiriau i'r perwyl y byddai ei stafell wely hi, y stafell fach a berchnogodd gerllaw un y plant pan ddechreuon nhw gysgu ar wahân, yn lleoliad mwy pwrpasol ar gyfer yr hyn a oedd ganddi mewn golwg. Ond rhoddodd Nyfain ei bys ar ei cheg a phwyntio lawr grisiau: ymhell o glustiau, a lleisiau'r plant.

Dilynodd ef i lawr yn simsan, a daliodd hithau ei gafael ar ei law i'w sadio rhag iddo gwympo: doedd hi ddim am i Urien ac Efri orfod ei weld yn farw gelain ar waelod y grisiau.

Ar ôl cyrraedd i lawr yn ddiogel, rhoddodd ei bys ar ei gwefusau unwaith eto a dweud wrtho am aros eiliad. Gwyddai ei bod hi'n temtio ffawd yn gorchymyn iddo wneud dim, a byddai'n rhaid iddi fod yn ofalus rhag i'r hud a'i rhwydai ddiflannu.

Heddiw, byddai'n dweud nad oedd ganddi gynllun go iawn yn ei phen pan agorodd hi ddrws y stydi; ddim pan aeth hi i'w gwpwrdd a thynnu'r botel wisgi lawn allan hyd yn oed; ddim pan wnaeth hi'n siŵr nad oedd 'na waddol arall o ddiod i'w weld yn unman yn yr ystafell; ddim pan ddaeth hi'n ôl ato a dal y botel yn uchel iddo weld ei bod hi ganddi; ddim pan awgrymodd hi y dylen nhw'u dau gael gwydraid 'cyn dechre'; ddim pan ddywedodd hi ei bod hi'n mynd i chwilio am wydr glân, ac yntau'n ei dilyn fel gwyfyn at lamp.

Ond byddai'n rhaid iddi gyfadde wrthi ei hun fod y cynllun wedi dechrau gwreiddio erbyn iddi agor y drws allan . . .

Mater o weld ei chyfle.

Mater o'i ddenu at y llif sy'n beryglus o uchel mewn storm. Mater o godi'r botel o aur hylifol, mater o fygwth ei gollwng i gynddaredd yr afon ferw, ynfyd. Mater o'i wawdio a'i watwar. Mater o sefyll, yn ei sobrwydd oer, ar y dorlan sy'n bygwth chwalu, a'i ddenu fe feddw yno ati, at y botel. Mater o adael i natur fod yn llofrudd na fyddai'n gadael brycheuyn ar gydwybod Nyfain. Mater o adael iddo gerdded i mewn i'w fedd ei hun.

Chwe cham oedd rhwng y tŷ a'r afon wedi'r cyfan.

Tynnodd Nyfain ei chlustffonau i dawelu Debussy, ac aeth i'r gegin i nôl y stepiau er mwyn hongian y llen gyda'r bachau yn eu lle. Edrychai'r afon damaid bach yn wahanol eto o'r ris uchaf. Yng ngolau'r ystafell, gallai weld mwy o'r ochr a oedd agosaf ati. Edrychai'n lletach, yn llawnach, yn fwy llond ei chroen nag y bu ers wythnosau.

Daeth i lawr o ben y stepiau, ac estyn y llen arall. Edmygodd y gwyrdd ar ochr chwith y ffenest cyn dechrau gwthio'r bachau i'r beindin yn llen yr ochr dde.

'O am yr hedd sy'n llifo megis afon,' canodd Nyfain dan ei gwynt, rhag dihuno'r plant.

Rhaid ei bod hi wedi hepian, gan nad oedd hi'n siŵr ai breuddwydio'r gnoc ar y drws wnaeth hi ai peidio. Yn lle mynd i ateb, sythodd i wrando. Ymhen hanner munud, daeth y gnoc eto.

'Maddeuwch i mi,' meddai'r ddynes fach dlws mewn cot dra thrwsiadus a safai ar garreg y drws. 'Fe alwes i prynhawn 'ma, ond doeddech chi ddim adre.' Ysgydwodd yr ymbarél yn ei llaw cyn ei gau.

'Sori . . . ?' meddai Nyfain, yn ceisio meddwl pwy ar y ddaear allai hon fod.

'Maria yw'r enw,' meddai'r ddynes. 'Maria Baines. Ro'n i'n nabod eich gŵr.'

Daliodd Nyfain i rythu ar y ddynes fach â'r gwallt hir tywyll, tonnog, a'r croen olewydd.

'Ga i ddod i mewn . . . ?' holodd Maria mewn llais ychydig bach yn blentynnaidd, gan godi ei phen i ddynodi ei bod hi'n bwrw glaw rhag ofn bod Nyfain heb sylwi.

'Beth y'ch chi moyn?' saethodd Nyfain ati heb symud modfedd.

Rhuthrodd y ddynes i dawelu ei meddwl: 'Dwi ddim isie dim byd,' meddai, 'dim ond siarad. Ma 'na bethe dwi angen eu clywed a'u dweud. Fi oedd ei gariad e, chi'n gweld. Gyda fi roedd e'n byw tra oedd e'n Aelod.'

'Beth ar y ddaear fydden i moyn gyda chi 'te?' meddai Nyfain mor oeraidd ag y gallai.

'Isie i chi wbod 'mod inne'n gwbod sut un oedd e hefyd,' meddai Maria.

Syllodd Nyfain i'w llygaid dyfnion tywyll am eiliadau, cyn camu naill ochr i adael iddi ddod i mewn.

Gwahoddodd hi i eistedd, ond wnaeth hi ddim cynnig paned iddi. Bwriodd y llall iddi bron ar unwaith.

'Roedd e'n gatsh a hanner ar y cychwyn, wna i ddim gwadu,' dechreuodd y ddynes.

Daliai Nyfain i sefyll ar ei thraed. Oedodd Maria am eiliad i roi cyfle iddi eistedd, ond pan welodd nad oedd Nyfain am wneud, daliodd ati: ''Swn i'n onest, fe ges i amser gore 'mywyd gydag e,' meddai wedyn a chodi ei phen i weld pa argraff a gafodd ei gonestrwydd ar Nyfain.

Ni chafodd ymateb, felly bwriodd yn ei blaen. 'Ond wedyn . . . pan ddoth pobl i wbod amdanon ni, fe ddechreuodd e yfed yn drymach, a dyna pryd gweles i shwt un oedd e go iawn.'

Does gen ti ddim syniad sut un oedd e go iawn, dwi'n eitha siŵr o hynny, meddai Nyfain wrthi yn ei phen.

'Fe laniodd e yn y fflat yn gaib ryw noson ychydig cyn yr etholiad. Ro'n i wedi bod mas gyda ffrindie, a heb ei weld e ers sbel rhag i'r papure ein dal ni. Fe welodd e hyd y sgert ro'n i'n wisgo a phenderfynu 'mod i'n haeddu cosb am ddangos cymaint o 'nghoese.

Felly, fe dorrodd e 'mraich i,' meddai Maria'n ffug-ffwrdd-â-hi.

Eisteddodd Nyfain.

Anadlodd yn ddwfn. Ceisiodd feddwl am rywbeth i'w ddweud. Doedd hi ddim am hel hon allan, ond doedd hi chwaith ddim eisiau iddi fod yma yn ei chartref lle roedd ei phlant yn cysgu fyny grisiau, yn ei lolfa'n llygru'r aer â'i malais.

'Dwi wedi sôn wrth un neu ddau o fy ffrindie dros y blynydde, ond mae'n anodd dygymod â'r peth o hyd. Yn enwedig ers iddo fe fynd. Ry'ch chi siŵr o fod wedi darllen y pethe da ma cymaint o bobl wedi sgwennu amdano fe.'

'Ma fe wedi marw,' meddai Nyfain, gan deimlo'n wirion fod yn rhaid iddi nodi'r ffaith wrth rywun oedd yn amlwg yn gwybod hynny.

'Ydi. Ond dyw hynny ddim yn cael gwared ar beth nath e. Dyw pobl ddim fel pe baen nhw'n ei nabod e go iawn, ac fe ddylen nhw.'

Meddyliodd Nyfain am y blynyddoedd o ofid pan oedd hi'n magu'r efeilliaid ar ei phen ei hun, o dan gysgod ei ormes.

'Ddylen nhw . . . ?' oedd yr unig beth y gallai hi ei ddweud. Meddyliodd sut y gallai baich y gwir frifo, deifio, amlhau fel celloedd cancr. Roedd hi'n ysu am gael rhedeg fyny grisiau i afael yn ei dau fach, eu lapio yn ei breichiau a'i dwylo am eu pennau, am eu clustiau, i'w cadw yno am byth.

'Wel, dylen siŵr iawn. Mae'n amlwg eich bod chithe hefyd yn gwbod am be dwi'n sôn. Ry'ch chi'n gwbod cystal â finne sut un oedd e, a chithe wedi bod yn briod gyda fe. Fe alla i weud arnoch chi 'ych bod chi'n gwbod.'

'Shwt? Shwt allwch chi weud?' Roedd Nyfain o ddifri eisiau gwybod. Beth oedd yn ei bradychu? Sut na allai guddio'r pethau roedd yn rhaid iddi eu cuddio? Roedd rhaid iddi wybod, er mwyn gwneud yn siŵr na fyddai hi byth, byth yn gadael i'r gwir ailadrodd ei falltod yn eu cartref bach nhw.

'Rhywbeth amdanoch chi . . . ' meddai Maria, ychydig bach yn llai sicr ohoni ei hun. Gallai Nyfain weld ei bod hi wedi disgwyl cynulleidfa barod i chwydu ei bol. 'A chithe'n trio magu'r plant a chwbwl . . . rhaid eich bod chi'n santes.'

Cododd Nyfain ar ei thraed. 'Ma'n ddrwg gyda fi, ond do'dd 'y ngŵr i'n ddim byd tebyg i'r dyn ry'ch chi'n 'i ddisgrifio. Ro'dd e'n ddyn da, yn dad da . . . chelech chi ddim gwell tad. Gofynnwch i'r plant!'

Rhaid bod Maria wedi gweld nad oedd troi ar Nyfain, gan iddi godi ar ei thraed, ac anelu am y drws.

'Wel, fe fydda i'n gweud fy stori i,' meddai'n swta. 'Ma'n bryd cywiro'r darlun. Fe ddaw llawer o'i gyd-bleidwyr e mas o'r cwpwrdd i ategu be dwi'n weud, dwi'n eitha siŵr o hynny. Chi fydd yr unig un fydd yn gwadu.'

Trodd yn y drws wrth agor ei hymbarél. 'A dyallwch hefyd y bydda i'n mynd at y papyre. Ma'i ond yn iawn i'w etholwyr e a phawb arall ga'l gwbod cymint o fochyn oedd e. A'i blant e hefyd,' ychwanegodd. 'Bydd hi'n bwysig iddyn nhw wbod yn union shwt un oedd 'u tad.'

Dilynodd Nyfain hi allan i'r nos. Gwyliodd y got drwsiadus yn symud o'i blaen, a'r ddynes a wisgai'r got yn dal i frygowthan am fwriadau a fyddai'n gwahodd y gwenwyn i'w bywyd hi a'i phlant, yn chwalu'r cyfan yn deilchion.

Chwe cham oedd 'na rhwng y tŷ a'r afon . . .

DWYNWEN

Manon Steffan Ros

Cymeriad hanesyddol sydd â bywyd chwedlonol yw Santes
Dwynwen, nawddsant cariadon Cymru. Merch y Brenin
Brychan Brycheiniog ydoedd ac mae ei stori yn un drasig.
Syrthiodd mewn cariad â dyn o'r enw Maelon Dafodrill, ond
nid oedd y berthynas yn un lawn rhamant. Yn hyn o beth,
dylid nodi fod gwahanol fersiynau o'r hyn ddigwyddodd
rhwng Dwynwen a Maelon ac felly bod lle i ddehongli ei
stori mewn ffyrdd gwahanol. Fodd bynnag, naill ai cafodd
Dwynwen ei threisio gan Maelon ac fe wnaeth hi weddïo
am gymorth, neu nid oedd yn cael ei briodi oherwydd ei
thad ac fe wnaeth hi weddïo i anghofio am ei chariad. Beth
bynnag am y gwahanol fersiynau, y mae angel yn ymateb i
gais Dwynwen ac yn ateb ei gweddi drwy roi diod arbennig
sy'n rhewi Maelon. Yn dilyn hyn, mae Dwynwen yn
gweddïo am wireddu tri chais: y caiff Maelon ei ddadmer; y
bydd Duw yn gofalu am gariadon Cymru; ac iddi hi beidio

99

â phriodi fyth. Diwedd ei stori oedd iddi droi'n feudwy gan ymgartrefu ar Ynys Llanddwyn ym Môn hyd nes y bu farw.

Y llwch yn dawnsio yng ngolau cynta'r bore. Dwi'n ei wylio fo, yn ystyried mor fyw mae pethau marw'n gallu edrych yn y golau iawn. Ac unwaith dwi'n meddwl am hynny, mae pethau anghynnes yn dechrau deffro ynof fi. Hen bethau marw'n dechrau atgyfodi; yn smalio, unwaith eto, eu bod nhw'n fyw.

Weithiau, dwi'n anghofio.

Ym mol y nos neu'r oriau cyntaf o oleuni, hanner ffordd rhwng cwsg ac effro. Mae o yna, rhywsut, ym mhlyg cynnes y cynfasau, ym mwrllwch oriau'r breuddwydion. Mae fy llaw yn ymestyn, yn chwilio, a dydi o ddim yna. Dydi o byth yna. Ond mae o yna bob amser, yr atgof o'i wyneb mor boeth a blin ag ylsyr yng nghig fy ymennydd.

A dwi'n gorfod codi, achos er ei bod hi'n rhewi yn y llofft yma, mae cynhesrwydd y gwely'n ormod i'w ddioddef.

'Brynist ti lefrith?'

Roedd o'n siarad yn y llais yna, yr un oedd yn dweud wrtha i pa fersiwn ohono'i hun oedd o heddiw. Doedd o ddim ar ei orau. Roedd 'na rywbeth ar gau yn ei lwnc o, rhywbeth oedd yn gwneud i'r geiriau swnio fel bygythiad. Doedd gen i ddim ofn.

Does neb yn berffaith.

'Do. Doedd 'na'm top gwyrdd ar ôl, ond ges i fotel fawr o'r top glas.'

Clywais ei ochenaid yn dengyd fel stêm allan o'i ysgyfaint, a gwyddwn 'mod i wedi gwneud cam gwag. Fe ddylwn i fod wedi gyrru i'r Tesco mawr i nôl llefrith, yn hytrach na bodloni ar beth oedd ar gael yn y Spar.

Codais o'r ddesg a mynd i'r gegin ato fo.

Roedd tair ffordd o gyfarch Mael pan ddôi o adref o'r gwaith.

Y gyntaf oedd yn siriol, a dyma oedd yn arferol. Byddai'n dod i mewn drwy ddrws y cefn, yn canu fy enw – *Dwwww-yns! Dwi adra!* – a byddwn i'n gwenu ac yn codi'n syth, yn mynd i'r gegin lle roedd o'n edrych fel duw mewn siwt Matalan, ychydig yn flêr, ychydig yn flinedig. Ar y dyddiau hynny, byddwn i'n rhoi 'mreichiau amdano'n syth, yn rhoi sws iddo, yn cynnig paned a bisgedi ac yn holi am ei ddiwrnod yn y swydd roedd o'n ei chasáu. Byddwn yn ei wylio wrth iddo siarad, yn craffu ar fanylion ei berffeithrwydd – y ffordd roedd o'n llacio'i dei efo'r dwylo geirwon yna; ei wefusau trwchus yn datod drwy'r straeon. Byddai'n tynnu ei sgidiau, ac yn gosod ei draed mawrion ar fy nglin – gweithred fach, annwyl oedd yn fy ngalluogi i fwytho'r croen llyfn, gwelw ar ei fferau, tynnu fy mawd dros flew isaf ei goesau. *Ma' hynna'n neis,* wrth gau ei lygaid, gwyro'i ben yn ôl ryw ychydig, cyn gwenu arna i eto. *Ti mor glws, Dwyns. Sut ath hi heddiw?*

Ar rai dyddiau, fel heddiw, byddai'n cyrraedd adref ac yn dweud dim am ychydig. Gwyddwn i bryd hynny ei bod hi'n gallach i mi aros wrth fy nesg yn gweithio, a pheidio â galw gair o gyfarchiad i'r gegin. Ar ôl ychydig, byddai Mael yn cyfarth cwestiwn. *Pam 'sa'm bwyd yma?* neu *Pam bo' chdi byth yn llnau'n iawn?* neu *Brynist ti lefrith?* Doedd dim ateb cywir i'r cwestiynau yma, ond rhaid oedd ateb, er bod pob dim ro'n i'n ei ddweud yn gwneud pethau'n waeth.

Doedd o ddim fel 'na'n aml. Wir yr, doedd o ddim. A rhai dyddiau – yn anaml iawn, ond waeth i mi ddweud y gwir, roedden nhw yn bodoli – byddai'n dod i mewn i'r tŷ ar frys gwyllt, yn rhuthro drwy'r gegin heb gau'r drws cefn, ac yn fy nghodi i, yn datod sipiau neu fotymau neu'n gwneud i mi fynd ar fy mhengliniau, ac wedyn . . .

Doedd o byth yn orfodol. Wnes i ddim dweud 'na'. A doedd o bron byth yn digwydd. Dydi o bron ddim gwerth sôn amdano o gwbl.

Weithiau, byddwn innau'n oriog ac yn chwithig – yn dawel efo fo am ei fod o awr yn hwyrach nag oedd o wedi'i ddweud, neu'n ddistaw biwis am ei fod o wedi anghofio Dydd San Ffolant. A byddai Mael yn wych efo fi bryd hynny, yn defnyddio'i wên-hogyn-drwg a'i eiriau ffeind, rhesymol i ddod â fi at fy nghoed. Roedd o'n faddeugar, yn annwyl – *Paid ti â phoeni, Dwyns, dim ond hormons ydi o a dwi yma i chdi, ocê? Dim ots be. Dwi yma.* Ac mi oedd o.

Gadewch i mi ddweud y pethau gorau am fy Mael i.

Roedd o'n addfwyn. Yn achub pryfaid cop o'r sinc ac yn eu gollwng nhw i'r ardd, gan furmur geiriau caredig wrth wneud – *'Na chdi, dos di i gadw'n saff 'wan.* Gwyddai sut i siarad gyda babis a phlant bach fy ffrindiau, ac roedd pawb yn meddwl y byd ohono fo. Fo oedd y cymar oedd yn hapus i roi lifft adref i ni i gyd am dri y bore ar ôl noson allan efo'r genod. Fo oedd yn prynu potel o Prosecco a bocs o siocledi os oedd fy chwaer yn dod draw i aros. Fo oedd yn gwneud yn siŵr fod pawb yn clywed mor falch oedd o ohona i – *Mae Dwyns yn neud mor grêt... Dwi mor, mor lwcus i fod efo hi...*

Roedd o'n hael, yn mynd â fi allan am swper ac yn prynu dillad i mi – ffrogiau byrion; sgidiau sodlau uchel; dillad isaf. Mynnai dalu i mi wneud fy ngwallt a thacluso fy aeliau a mynd i'r salon yn y dref am *wax*. Un tro, a minnau'n deisyfu bronnau mwy, caletach, uwch, fe ddywedodd o, *Ti'n berffaith fel wyt ti, Dwyns. Ond os wyt ti isio wbath fel 'na 'di'i neud – ti'n gwbo 'na i dalu amdano fo.*

Roedd o'n ddel, ac er na ddylai hynny gyfri, mi oedd o. Roedd o'n fawr ac yn sgwâr, ei wefusau'n fwy trwchus na fy rhai i, a'i gorff noeth yn gyfuniad perffaith o gyhyrau a blewiach a chnawd llaethog, meddal.

Ro'n i'n caru ei arferion bach. Y ffaith ei fod o'n plethu ei goesau gyda'm rhai i wrth gysgu. Y ffordd roedd o'n canu 'Bat Out of Hell' yn y gawod. Ei dueddiad i siarad amdana i yn ei gwsg, cyn deffro a gwenu arna i.

Y ffordd roedd o'n gwneud fy mhaned.

Y ffaith ei fod o'n dadlau efo'r radio.

Arogl ei groen.

Ei wên.

Mae'n rhaid i mi ddweud y pethau gorau am Mael, achos mae'r peth gwaethaf un yn gorfod cael ei ddweud hefyd, ac mae'n rhaid i chi ddeall. Dwi ddim yn siŵr a oes 'na ffasiwn beth â phobl ddrwg. Dwi ddim yn gwybod sut mae pobl 'dach chi'n eu caru'n gallu bod yn aflan weithiau.

Mael.

Enw ymhonnus, dosbarth canol, imbarysing. Weithiau, pan oedd o'n teimlo'n ansicr, byddai'n cyflwyno'i hun fel Em, yn ysu i gael enw oedd yn datgelu dim byd o gwbl am ei gefndir na'i rieni. Weithiau, roedd o jest am fod yn Emyr neu'n Emlyn. Ond i fi, Mael oedd o o'r dechrau un, enw meddal oedd yn braf ar fy ngwefusau. Ro'n i'n caru siâp y gair ar fy ngheg. Dwi heb yngan ei enw ers amser hir, ond weithiau, bydd 'm' – gwefusau'n gwasgu ei gilydd, yn betrus neu'n bryderus neu'n rhyw chwant dwi'n trio'i gadw 'nôl – yn teimlo fel 'mod i ar fin caniatáu i mi fy hun siarad amdano fo eto. Weithiau, bydd yr 'm' yn 'amen' yn teimlo fel llythyren gyntaf ei enw.

'Be?!' gwaeddais dros dwrw'r band pan gyflwynodd o ei hun. Gwenodd yntau, y cwrw wedi llacio cyhyrau ei wyneb.

'Dwi'n gwbo. Mael. Mam a Dad yn meddwl bo' nhw'n y Mabinogi. 'Swn i 'di gallu bod yn Bendiblydigeidfran.'

Gwenais innau, yn teimlo curiad y band fel curiad calon newydd ynof fi. 'Dwynwen dwi.'

'O, God, fyddi di'n dallt yn iawn 'lly. Ti'm jyst isio bod yn Sioned neu'n Ffion weithia?'

Roedd pawb yn edrych arnom ni – y genod yn enwedig, am ei bod hi'n nos Wener Steddfod a bod pawb i fod i gopio, ac am fod hwn, y dyn anhygoel 'ma oedd yn dal yn ddel pan oedd o'n chwydu tu ôl i'r *portaloos* am saith y bore, yn closio at ferch o'r diwedd. Roedd 'na gymaint wedi gwneud eu gorau i ddal ei sylw, ond er ei fod o'n barod i siarad yn ffeind efo pawb, doedd o heb fod efo neb yr wythnos honno. Fyddwn i byth wedi trio, ddim efo boi fel fo. Ond rhywsut, un noson dan oleuadau amryliw a band gwael yn canu cân newydd oedd yn swnio'n hen y tu ôl i ni, daeth y dyn del ata i.

'Dwi methu cl'wad chdi,' meddai ar ôl ychydig.

'Ma'r band 'ma'n shit,' mentrais.

'Awn ni i rwla tawelach? O, God, dwi'n swnio 'tha nytar 'ŵan, dydw?'

Ond roedd hi'n noson fwyn, serog, ac ro'n i'n hapus i gerdded draw at y pebyll efo fo. Roedd ganddo fo babell fach, fach, ond roedd cylch o gadeiriau cynfas y tu allan iddi ac eisteddodd y ddau ohonom, yn yfed jin mewn cans ac yn smocio joints gwan.

'Dwi'm yn licio lladd ar bobl, achos yn amlwg dwi yn un ohonyn nhw,' meddai, ei lais yn araf fel triog. 'Ond dwi ddim wir yn licio pobl, 'sti.'

'Na, na fi,' cytunais, yn diosg fy swildod gyda phob drag o'r smôc. 'Ma'r rhan fwya ohonyn nhw yn boen yn din.'

'Ti'm wir yn meddwl hynna,' meddai Mael, ei lais yn herian. 'Ti jyst yn cytuno efo fi achos bo' chdi isio mynd efo fi.'

'Wel, yndw, dwi isio mynd efo chdi,' atebais, gyda hyder doeddwn i ddim yn ei deimlo. 'Ond dwi'n cytuno hefyd. Y peth rhyfadd ydi peidio licio pobl, ond isio bod efo nhw 'run pryd. Ma'n afiach o beth.'

Edrychodd Mael draw ata i, yn synnu 'mod i wedi fflyrtio mor bowld ac wedi taro'r hoelen ar ei phen ar yr un pryd. Ro'n i wedi ei blesio fo, ac roedd hynny'n deimlad llawer gwell nag uchelfannau'r medd-dod a'r joint.

Roedd o'n fwyn efo fi'r noson honno, yn ei babell fach, fach. Daeth y ddau ohonom o hyd i rythmau'n gilydd wrth i holl dwrw'r maes pebyll greu theatr fyw o'n cwmpas ni – rhywun wedi colli ei mêt, rhywun arall yn methu dod o hyd i'w babell, cwpl yn ffraeo *'cos ti wastod yn acto fel hyn pan ti'n pissed, Gwern, ac ma' fe jyst yn embarrassing.* Roedd rhywbeth yn hyfryd o gyfrinachol a budr am y ffaith ein bod ni yn swigen y cynfas yn caru, a phawb y tu allan yn pasio, yn gwybod dim mai nhw oedd ein cerddoriaeth ni.

Cysgais yn ei freichiau.

Yn y bore, a minnau'n poeni am y masgara oedd yn siŵr o fod wedi duo fy llygaid, ac am fy anadl-bore-wedyn, ac am y chwithdod o ddeffro'n sobr ac yn gallach, agorodd Mael ei lygaid a gwenodd yn syth. 'Iesu Grist, ti'n ddel.'

Estynnodd ei law i gyffwrdd fy ngrudd, yna brwsiodd fy ngwallt y tu ôl i'm clust gyda blaenau ei fysedd, ac yna, cododd ar ei eistedd.

Gallwn arogli fy mhersawr fy hun ar ei grys.

'Dwi'n mynd i biso. Paid â symud.'

Ac wrth gwrs, fe symudais, dim ond i eistedd i fyny a thacluso fy ngholur gyda thishw a phoer, a thecstio Marged i ddweud wrthi am beidio â phoeni, a difaru na fyddai gen i *antiperspirant* i gael gwared ar arogl neithiwr oddi ar fy nghnawd.

Pan ddaeth Mael yn ôl i mewn drwy geg y babell, roedd o wedi dod â brecwast – dau baced o Monster Munch.

Efo'n gilydd roeddan ni wedyn.

Yn y Steddfod, yn neidio i rythm band roedd ein rhieni ni'n arfer gwirioni arnyn nhw. Yn dal drws y toilet i'n gilydd am fod y clo wedi torri. Yn y babell fach yna, yn dod i nabod cyrff ein gilydd wrth glustfeinio ar fywydau pobl eraill yn mynd heibio. Ac yna, ar ôl mynd adref, roedd Mael a finnau'n dal yn gariadon. Chafodd y penderfyniad ddim ei wneud o gwbl, ond roedd o'n gwbl naturiol. Roedden ni i fod efo'n gilydd.

Gwirionodd pawb arno, wrth gwrs – pawb heblaw am Dad. Peth tawel, llonydd oedd anfodlonrwydd Dad, ond rhywbryd, rhyw ddiwrnod glawog, llwyd, fe ddywedodd o, 'Tydw i'm yn siŵr ei fod o'n iawn i ti, Dwyns. Mae 'na rywbeth . . . '

''Dach chi jest yn deud hynna am mai fi 'di'ch hogan fach chi,' atebais, yn cysuro fy hun yn fwy na dim. 'Ond dwi'n ddynes rŵan. 'Dach chi isio i mi fod yn hapus, dydach?'

'Yndw siŵr. Ond feddylish i 'rioed amdanat ti efo cymar fel fo. Mae 'na gymaint o hogia fasa'n well i ti . . . '

Ond wyddwn i ddim pwy oedd yr hogiau gwell yma. Hogiau duwiol, efallai, hogiau plaen, tawel, hogiau oedd yn pylu i gefndir bywyd mewn ffordd na allai Mael fyth wneud. Dim boi fel 'na oeddwn i eisiau. Dim ond Mael oeddwn i am ei gael, a dim ond fi oedd Mael am ei chael. Roedden ni'n lwcus fel 'na. Roedd popeth mor hawdd. Doedd Dad a'i ffydd ddigwestiwn mewn Duw pell yn ddim byd i'w wneud efo pobl fel fi. Efallai fod angen ffydd arno fo, ond roedd popeth yr oeddwn i ei angen ar fy aelwyd. Ffydd, gobaith, cariad, i gyd ynghlwm yn esgyrn a chnawd a chymeriad Mael.

Ro'n i angen Duw y medrwn ei gyffwrdd, ac roedd o gen i.

Ac yn ôl i'r llefrith top glas, a'r tawelwch peryg, trwchus ddaeth Mael ag o'n ôl o'r gwaith efo fo'r diwrnod hwnnw.

Ro'n i'n dawel, wrth gwrs, yn gwybod mai dim ond diwrnod oedd hwn, dim ond cyfnod. Yfory, byddai fy Mael i yn ôl, yn ymddiheuro'n ysgafn am fod yn oriog, a byddai popeth yn berffaith unwaith eto. Y cyfan oedd raid i mi ei wneud heno oedd cofio hynny – cofio'r dyn ffeind oedd o fel arfer, cofio ei fod o'n gymar da ...

Aeth i'r ystafell fyw i wylio'r teledu wrth i mi wneud swper, ond fe allwn glywed ei fod o'n mynd o un sianel i'r llall, a lleisiau'r rhaglenni yn creu brawddeg gymysglyd oedd ddim yn gall ... *And it's over to ... what is the capital of ... I told you, Mikey! ... Dywedodd y crwner fod y dystiolaeth yn ... For goodness' sake, Katie, tell the truth!*

Ysais i gael rhoi'r radio ymlaen yn y gegin, ond gwyddwn y byddai hynny'n mynd ar ei nerfau. Roedd newid sianeli yn arwydd drwg. Roedd o'n methu ymgolli yn y sgrin, yn methu tynnu ei feddwl oddi ar y potes poeth yn ei ben.

'Swper!' galwais, a chwlwm o nerfusrwydd yn dechrau tynhau yn fy mherfedd. Roedd y bwrdd wedi ei osod yn berffaith – y cyllyll a'r ffyrc yn syth, gwydraid o ddŵr, pupur a halen a menyn. Clywais Mael yn dod i mewn ac yn eistedd wrth i mi roi'r bwyd ar blatiau – salad cyw iâr a bara cartref – ac, os ydw i'n bod yn gwbl onest, roedd arna i ofn troi rownd gyda'r platiau yn fy nwylo, ofn gweld faint o gwmwl oedd ar ei wyneb.

Doedd o ddim yn edrych arna i. Llinell filain oedd ei geg, yn dynn fel rhaff, a gwelwn y atgasedd yn glir yn y ffordd roedd ei ruddiau, rhywsut, yn stiff ac yn uchel. Gosodais y bwyd o'i flaen, ac eisteddais innau. Roedd y tawelwch yn afiach.

Edrychodd i lawr ar ei blât, a dechreuodd fwyta.

Bwytaodd y cyfan, ei geg yn cnoi'n araf ac yn rhythmig, dim swn heblaw am grafu'r gyllell ar y plât. Bob hyn a hyn, byddai'n cymryd cegaid o ddwr. Ond ddywedodd o ddim gair. Dim cwyn am y swper; dim sylw am fy nillad llac, afluniaidd; dim brawddegau byrion, hyll am gyn lleied o arian o'n i'n ei ennill o'i gymharu â fo. Doedd ganddo ddim geiriau o gwbl i mi, ond roedd y tawelwch gymaint yn waeth. Gorfodais fy hun i fwyta er mwyn edrych yn normal, ond blasai popeth yn sych fel papur.

Fi gynigiodd y frawddeg gyntaf, a hynny ar ôl i ni orffen. 'Ti isio mwy?' Ysgydwodd ei ben. 'Paned?' Yr un fath eto. Codais, ac ymestyn am ei blât, ychydig yn nerfus er nad oedd o wedi 'nharo i erioed. Golchais y llestri i gyd mewn mudandod, ac eisteddodd Mael yna, yn gwneud dim byd ac yn dweud dim byd. Ro'n i eisiau crio, eisiau galw allan, eisiau siarad – ond feiddiwn i ddim. Erbyn i mi droi 'nôl at y bwrdd bwyd, pob llestr wedi ei olchi a'i sychu a'i osod yn ôl yn ei le, roedd o wedi diflannu yn ôl i'r ystafell fyw. Sefais yn y gegin am ychydig, ddim yn siwr beth i'w wneud. Gallwn fynd i'r Tesco mawr i ladd cwpl o oriau, ond roedd profiad yn dweud na fyddai o'n hoffi hynny, nid heno. Gallwn fynd am dro, fel y byddwn i'n gwneud weithiau, ond doeddwn i ddim yn siwr a fyddai o'n hoffi hynny chwaith.

Ar ôl ychydig, clywais dwrw lleisiau'r teledu'n dod o'r ystafell fyw – *Bert and Jenny are looking for their forever home, but they only have five hundred thousand to spend* . . . Roedd hyn yn arwydd da. Roedd o'n dechrau ymgolli. 'Jyst yn mynd i'r gwely efo llyfr, ocê? 'Sda!' Dim ateb, wrth gwrs. Ond roedd hynny'n iawn. Roedd heddiw wedi darfod, a byddai yfory yn well.

Ar ôl darllen, a busnesu ym mywydau pobl eraill ar Facebook ar fy ffôn, ac ar ôl tecstio'r genod i drefnu mynd allan ar ddiwedd y mis am ddiod, cysgais. Ddim yn drwm, achos gwyddwn y byddai Mael yn dod i'r gwely ata i, ac ro'n i eisiau gwneud yn siŵr nad oeddwn i ar ei ochr o, nad oeddwn i wedi dwyn dim o'i gyfran o o'r dwfe. Roeddwn i'n ymwybodol, rywle yn fy nghwsg, o'r ffaith iddo ddod i fyny'r grisiau ac i mewn i'r llofft. Gwyddwn, yn rhywle yn fy meddwl, ei fod o'n tynnu ei ddillad, yn eistedd ar erchwyn y gwely i blicio'i sanau i ffwrdd. Ac yna, am ryw reswm, daeth greddf i 'nghwsg i'm rhybuddio i. Roedd o wedi tynnu amdano, wedi tynnu ei sanau, ond doedd o ddim wedi dod i'r gwely. Gwyddai fy ngreddf fod y tawelwch a'r llonyddwch yma yn beryg bywyd.

Agorais fy llygaid. Roedd o'n edrych arna i.

Dwi ddim am ddisgrifio'r cyfan. Mae'n ddigon i ddweud 'mod i wedi dweud 'Na', sawl tro, ond ei fod o wedi cario 'mlaen beth bynnag. Mae'n ddigon i ddweud 'mod i wedi ceisio darbwyllo fy hun, hyd yn oed yng nghanol y weithred, nad y Mael go iawn oedd hwn. Caeais fy llygaid a chofio sut deimlad oedd gorwedd yn ei freichiau o, oedd yn teimlo fel y lle mwyaf saff yn y byd i gyd. Meddyliais amdano'n syrthio i gysgu â'i ben ar fy nglin, yn ôl yn yr haf a ninnau wedi cael diwrnod cyfan ar y traeth. Cofiais mor ffeind oedd o pan oeddwn i'n sâl, ac mor hael oedd o efo'i anrhegion Nadolig, a sut nad oedd gen i neb arall o gwbl, dim ond fo.

Ar ôl iddo orffen, codais o'r gwely a mynd i'r ystafell ymolchi, a glanhau fy hun fel petai dim byd o'i le. Golchais fy wyneb a brwsiais fy nannedd, a phan es i 'nôl i'r gwely, fi oedd yr un wnaeth ymestyn i ddal llaw Mael, fel petawn i'n credu mai fy lle i oedd gofyn am faddeuant.

Dim ond y diwrnod wedyn y gwnes i doddi, a holl lifogydd afiach yr hyn oedd wedi digwydd yn llifo ohona i, yn ddagrau a llysnafedd a theimladau taranllyd, ysgytwol, afiach. Roedd Mael wedi mynd i'r gwaith, ac roeddwn i o flaen fy nghyfrifiadur, a sylweddolais yn sydyn fod hyn wedi digwydd go iawn. Doedd gen i'r un graith ar fy nghorff i brofi hynny, achos dydi o ddim wastad yn digwydd fel 'na go iawn – fyddwn i byth wedi ystyried cripian na phwnio na chicio Mael. Ro'n i'n bodoli i'w blesio fo.

Bellach, waeth faint roeddwn i'n ceisio cofio'r pethau ffeind am Mael, yr holl bethau roeddwn i'n eu caru amdano, gwenwynwyd yr holl atgofion gan fy llais fy hun yn dweud Na. Ym mhob atgof, ym mhob eiliad annwyl a fu rhyngom erioed, arhosai'r un gwirionedd digyfnewid – fo oedd y bòs. Chefais i ddim dewis hynny, ddim erioed.

Sefais yn y gawod yn chwistrellu'r stwff llnau ar fy nghroen fy hun, gan deimlo'r hylif yn llosgi nentydd i lawr fy nghorff. Roedd ei arogl yn troi arna i – *bleach* a lemwn – ond rhywsut, roedd o'n gwneud i mi deimlo ychydig bach, bach yn well. Defnyddiais weddill y botel siampŵ – roedd hi'n hanner llawn – ar wallt fy mhen a dan fy ngheseiliau ac ar y triongl bychan o flew tywyll rhwng fy nghoesau. Camais o'r gawod ac edrych arna i fy hun yn y drych, syllu i'm llygaid fy hun, heb syniad yn y byd beth i'w wneud nesaf.

Chefais i mo Mael yn ôl wedi hynny.

Daeth adref o'r gwaith yn gynnar, a doedd dim cyfarchiad i mi wrth iddo gerdded i mewn. Ond roeddwn i'n eistedd wrth fwrdd y gegin, yn hytrach na bod yn fy mhriod le wrth y ddesg yn gweithio, ac yn dal i wisgo'r tywelion ar ôl fy nghawod. Edrychais i fyny arno. Dechreuodd Mael grio.

Sori. Sori. Sori. Ond teimlai fel petawn i'n clywed y geiriau drwy radio oedd bron â cholli signal, yn bell i ffwrdd. Am unwaith, fi oedd yn fud. Crefodd Mael, a *sori* yn atalnodi pob brawddeg, ond doedd gen i ddim geiriau i'w cynnig iddo. Ar ôl ychydig oriau, tawelodd Mael hefyd, a llonyddodd. Eisteddodd y ddau ohonom wrth i'r nos dduo'r gegin o'n cwmpas, a chofiais i'r eiliadau cyntaf yna yn ôl yn y gìg flynyddoedd yn ôl, a rhythm y band fel curiad calon newydd sbon. Fedrwn i ddim teimlo curiad calon o gwbl bellach.

Gadewais fel yna – dau dywel amdanaf, un am fy nghorff a'r llall ar fy mhen. Ddywedodd Mael ddim gair, a symudodd o ddim chwaith. Roedd o wedi rhewi.

Gyrrais i dŷ Dad. Roedd o yn yr ardd yn clirio dail, a thynnodd ei gôt a'i rhoi amdana i. Wedi i ni gyrraedd y tŷ, dyma fo'n gofyn, 'Mael?' ac wedi i mi nodio, 'Ti am i mi ffonio'r heddlu?'

'Dim eto. Dwi isio mynd i'r gwely.'

Ac aeth Dad â fi i'r gwely ro'n i'n cysgu ynddo pan o'n i'n hogan fach, a gwnaeth botel dŵr poeth i mi, a siocled poeth, ac wrth i mi syrthio i gysgu, dwi bron yn siŵr iddo ddweud ei bader ar erchwyn fy ngwely.

Pan fo rhywbeth ofnadwy'n digwydd, mae pawb yn rhewi. Dyna ydi natur ddynol, yn ei holl ogoniant – dydi o ddim yn caniatáu i chi wynebu'r holl bethau sy'n bod, i gyd ar unwaith. Rydych chi'n mynd yn galed ac yn llonydd, yn rhewlif oer, oer, er mwyn gallu troedio'n ofalus o un dydd i'r nesaf. Ac yna, pan mae'ch meddwl chi'n barod, mae'r dadmer araf yn dechrau – y sylweddoli.

Ymdopodd Dad â'i ddadmer o drwy ofalaeth. Roeddwn i'n anghenus unwaith eto, fel merch fach, ac roedd hynny'n gwneud pethau'n haws iddo. Gweddïodd drosta i, a gweddïodd drosto'i hun. Coginiodd brydau maethlon i mi, ac aeth â mi i'r theatr fel 'mod i'n gweld pobl, a cheisiodd fy narbwyllo i 'mod i'n dda.

Daeth fy nadmer i yr un pryd â Dad, bron, ond roedd o'n beth blêr, yn ddagrau mawr ac yn anadlu cyflym. Roedd o'n llinell amser i'w rhoi i'r heddlu, ac yn gadair galed wrth gael fy nghyfweld, ac yn goflaid gan ddynes ffeind o elusen ym Mangor, a ddywedodd wrtha i 'mod i'n haeddu 'nghael i fy hun yn ôl unwaith eto. Roedd o'n ynganiad o air nad oeddwn i wedi medru ei ddweud – *rape*, nid *treisio*, am fod *treisio* yn swnio'n rhy barchus, yn rhy annelwig, yn ddisgrifiad annigonol o'r hyn oedd wedi digwydd i mi.

Roedd fy nadmer i'n ddagrau hyll, blêr ar fy noson gyntaf yn fy nhŷ fy hun, yn byw ar fy mhen fy hun am y tro cyntaf ar ymylon Ynys Môn. Teimlai'r ystafelloedd fel petaen nhw'n perthyn i rywun arall, y gwely'n fawr ac yn oer, ac, er mawr atgasedd i mi fy hun, weithiau byddwn i'n hiraethu am Mael. Byddwn i'n cofio galwad ei lais wrth iddo ddod adref ar y dyddiau da – *Dwwww-yns!* Cawn fflachiadau byrion o'i wên, ei gyffyrddiad, arogl ei ddillad – cyn i'r atgof yna ddod yn ôl, yr un hyll, yr un oedd wedi sathru ar bopeth.

'Ti'n iawn?' gofynnodd Dad y bore wedyn, wedi galw efo bara ffres a llefrith a llond calon o bryder am freuder ei ferch.

'Ma'r llonyddwch yn anodd. Y tawelwch hefyd. Dwi fatha bo' fi wastad yn gwrando am sŵn.'

'Mae 'na lawer o bobl yn methu diodde tawelwch, Dwyns.'

'Oes, wn i. Dwi jest angen gweithio allan sut i weithio'r radio.'

'Neu weithio allan be mae'r tawelwch yn trio'i ddeud wrthat ti.'

Doedd hi ddim y math o frawddeg y byddai 'Nhad yn ei dweud, felly fedrwn i ddim peidio â gwrando. A gwrando wnes i, yn ystod y nosweithiau hirion pan doedd dim byd gwerth chweil ar y teledu ar ôl newyddion naw, ac yn y bore dros fy mrecwast, ac wrth olchi'r llestri. Gwrando, a meddwl, a brifo, a chofio.

Roedd 'na dduwdod yno.

Dim math Dad o dduwdod, dim byd oedd yn arogli fel hen Feiblau neu'n llafarganu neu'n darogan gwae. Dim adnodau, na diarhebion, na gorchmynion. Ond roedd 'na garedigrwydd hyfryd wedi bod rhwng Dad a finnau, a gwyddwn fod ei ofal yn dod o rywle. Dim ond o fêr ei esgyrn ei hun, efallai, ond efallai mai ym mêr ein hesgyrn mae Duw.

'Dwi 'di dechrau gweddïo, ond dwi'm yn siŵr i be,' dywedais wrth gwnselydd, a nodiodd hithau fel petai'n deall yn iawn. Ond doedd hi ddim yn dallt yn fwy nag oeddwn i. Doedden ni ddim i fod i ddeall pethau mor ddyrys â hyn.

Wnaeth Mael ddim dadmer yn yr un ffordd. Doedd gen i ddim prawf o hynny, wrth gwrs. Welais i mohono fo wedyn, a wnaeth o ddim cysylltu. Dywedodd yr heddlu ei fod o'n cadw'n dawel wrth gael ei holi, a dychmygais innau gyfres o *No comment. No comment. No comment...* fel roedd o wedi'i weld yn ei raglenni dogfen ar y teledu. Ond na, dim hynny oedd. Ddywedodd o ddim gair o'i ben, ddim wrth yr heddlu, ddim wrth y cyfreithiwr diamynedd a gymerodd ei achos.

Cafodd ei ryddhau wrth i'r heddlu ymchwilio i'r achos – archwilio ein cartref efo crib mân; darllen ein negeseuon testun; edrych ar siapiau hyll y staeniau ar ein dillad gwely. Ond mud oedd Mael o hyd, gyda'i ffrindiau a chyda'i deulu. Yn araf, wrth i'r genod ddechrau dychwelyd ata i mewn cofleidiau cynnes o gydymdeimlad, cefais glywed ei hanes. Doedd o heb fod yn ôl i'r gwaith ers iddo gael ei arestio, heb ffonio'i ffrindiau 'nôl ar ôl darllen eu negeseuon ar WhatsApp, heb ddweud gair o'i ben wrth neb. Ceisiwn beidio â'i ddychmygu fel yna – ceisiwn beidio â'i ddychmygu o gwbl. Dywedai'r genod fod y diawl yn haeddu bob un dim roedd o'n ei gael, ac er bod pob un atom o 'nghorff i'n cytuno, roeddwn i eisiau rhywbeth arall. Rhywbeth mwy.

'Wnewch chi weddïo i mi, Dad?'

Gallwn glywed ei betruster dros y ffôn. Roedd o'n poeni amdana i. Byddai'n poeni amdana i tra byddwn i. Roeddwn i'n faich roedd o'n ei garu.

'Wel, gwnaf, ond mi fedri di weddïo dy hun, Dwyns.'

'Ac mi rydw i'n gneud. Ond dwi isio i chi wneud hefyd.'

'Ocê...'

'Dwi isio i chi weddïo ar Dduw i ddadmer Mael.'

Cymerodd Dad lond ysgyfaint o aer, a medrwn ei ddychmygu o yn y gegin, ei ffôn hanner modfedd oddi wrth ei glust, yn heneiddio gyda phob munud o fod yn rhiant i mi.

'Dadmer Mael?'

'Ia. Mae o 'di rhewi. Dwi'n gwybod 'i fod o, Dad, a dwi'm yn licio fo.'

Bron na allwn i ei glywed o'n llyncu sawl tro, yn edrych i lawr, yn trio dod o hyd i'r crefydd y tu mewn iddo fo, y Cristion maddeugar, da.

'Dwi'n ei chael hi'n anodd iawn gofyn am faddeuant i'r dyn yna, Dwyns. Dwi yn trio, ond...'

Gadawodd y frawddeg ar ei hanner, a chlywn ei ffydd yn pendilio'n fregus dros y wifren ffôn.

'Dwi'm yn gofyn am faddeuant iddo fo. Dwi'n gofyn i Dduw ei ddadmer o, Dad.'

Ochneidiodd Dad, ac roedd hynny gystal ag addewid.

*

Roedd dadmer Mael yn gyfres o eiriau, wedi eu hadrodd i mewn i beiriant bach gerbron dau swyddog heddlu. Dywedodd y gwir, heb ddeigryn nac ochenaid nac esgus, ac wedyn, ar ôl i'r peiriant recordio gael ei ddiffodd, caeodd ei lygaid am ychydig eiliadau, yn gwybod ei fod ar fin teimlo'r euogrwydd mwyaf milain, ac na fyddai'r euogrwydd yna byth yn ei adael. Megis dechrau oedd dadmer Mael. Byddai yntau, fel fi, yn cofio'r pethau da i gyd, y pethau bach hyfryd amdana i oedd yn anodd eu cydnabod tan nawr. Fy ngwên pan fyddwn i'n ei weld o, yn llydan ac yn ddiniwed ac yn llawn ffydd. Fy nghorff yn cyrlio yn ymyl ei un o, yn feddal ac yn gynnes. Y ffordd ro'n i'n canu'r geiriau anghywir i ganeuon, ond yn gwrthod cywiro fy hun.

Ac fel fi, byddai'r holl atgofion hyfryd yna yn wenwyn pur bellach, wedi eu chwalu gan ddyn oedd wastad eisiau gwell.

Mewn cornel fechan o Fôn, mae fy nuwdod fy hun yn union fel yna – duw gyda 'd' fach, yn gymar ac yn gwmni ac yn gysur i mi o hyd. Dwn i ddim i ble aeth Mael ar ôl gadael y carchar, a dwn i ddim a ydw i wedi maddau iddo am fygu'r cariad oedd ynof fi. Ond os ydw i'n maddau iddo, dwi'n gobeithio na fydd y gyfraith yn maddau iddo, a dwi'n gwbl sicr na fydd Duw na duw yn meddwl fod posib gwneud iawn am hyn. Boed i'r cythraul ddadmer yn araf am byth, a llif ei bechodau'n gyson greulon, yn bygwth ei foddi o hyd.

MELANGELL

Seran Dolma

Roedd Melangell yn ferch i frenin Gwyddelig, ond
pan drefnodd briodas iddi gydag un o uchelwyr ei lys,
dihangodd hithau dros y môr i Gymru, lle buodd yn byw
fel meudwy yn y cwm sydd bellach yn dwyn ei henw,
Pennant Melangell, ym Mhowys. Un diwrnod, roedd
Brochwel Ysgithrog, tywysog Powys, yn hela, a rhedodd y
sgwarnog yr oedd yn ei herlid i lwyn. Pan ddaeth Brochwel
i'r fan, synnodd o weld morwyn brydferth yn ddwfn yn
ei myfyrdod, a'r sgwarnog ymhlyg yn ei mantell. Ciliodd
y cŵn hela gan udo, a rhewodd yr utgorn wrth wefus yr
heliwr pan geisiodd ei chwythu. Sylweddolodd Brochwel fod
Melangell yn berson sanctaidd, a rhoddodd dir iddi sefydlu
lleiandy a noddfa, lle bu hi'n abades hyd nes y bu farw.

'Mil engyl a Melangell
Trechant lu fyddin y fall.'

Dwi'n gweld y wawr bob bore. Weithiau dydi o'n ddim byd ond newid graddol o ddu i lwyd; siapiau'r coed yn ymddatrys a'r creigiau'n ffurfio o flaen fy llygaid. Ond weithiau mae'r haul yn codi'n aur a'r cymylau'n binc, a phelydrau goleuni o fyd arall yn treiddio trwy'r dail i oleuo sbotyn bach o'r llawr, lle mae hadau pluog y gwair yn siglo yn yr awel. Mae popeth mor wyrdd, mor wyrdd, mor euraid, a dwi'n teimlo'r presenoldeb, yr angylion yn canu heb wneud sŵn, bywyd yn ymestyn ei gyhyrau, trefn ddirgel, popeth yn ei le. Dwi'n ymestyn fy mreichiau i ddynwared y coed, ac maen nhw'n gwenu arnaf fi, a dwi'n gwybod, dwi'n gwybod mai fi sy'n iawn. Nid fy mod yn amau hynny, byth, mewn gwirionedd. Ond ar rai adegau mae'r byd go iawn yn tawelu, ac yn cilio, ac mae lleisiau pobl yn uchel yn fy mhen, ac mae'n anoddach gweld y pethau amlwg.

Bore felly oedd hi pan ddaeth Cai. Roeddwn i'n eistedd o flaen fy mhabell, yn bwyta cnau. Roeddwn i'n gwrando ar yr adar, ac yn eistedd yn llonydd iawn, fel yr ydw i wedi dysgu gwneud dros y mis diwethaf. Daeth y llygoden allan o'i thwll, a snwffian yr awyr. Mae hi wedi dod i arfer efo fi, dydi fy arogl i ddim yn ei phoeni. Mi redith dros fy nhraed i os ydyn nhw o'i ffordd hi. Un nerfus yw'r llygoden – mae hi'n edrych dros ei hysgwydd o hyd, yn disgwyl y gwaethaf. Mae'n talu i fod yn wyliadwrus os wyt ti ar waelod y gadwyn fwyd. Rhoddais un o fy nghnau rhyw droedfedd o'i blaen, gan symud yn llyfn ac yn araf. Arhosodd yn berffaith lonydd am yn hir, ac yna rhuthro yn ei blaen. Roedd y gneuen mor fawr â'i phen. Cnodd fymryn arni, a phenderfynu ei bod yn dda. Eisteddodd ar ei thraed ôl, i gael gwell gafael arni gyda'i phawennau blaen. Ond yna, arhosodd yn hollol lonydd eto, ei chlustiau mawr yn troi i leoli rhyw sŵn na fedrwn i ei glywed. Yna diflannodd fel mellten yn ôl i'w thwll.

Munud wedyn, gwelais rywun yn dringo dros yr hen gamfa gerrig islaw, ac nid Mam oedd yno. Mae hi'n dod bron bob diwrnod, i drio fy mherswadio i ddod adref, ac i roi bwyd i mi, chwarae teg iddi. Rhywun tal oedd hwn, mewn siaced ddu, â gwallt byr. Rhywun o'r ysgol? Curodd fy nghalon yn gyflym; cefais ysfa i guddio, i ddianc rhag ei eiriau cas. Dim ond unwaith ddaru rhywun drafferthu dod yma i fy sarhau i fy ngwyneb – Aled Cefni a'i idiot ffrind Steve. O leiaf roedd yr un yma ar ei ben ei hun. Safodd yr ochr yma i'r wal, ac edrych o gwmpas ar y coed, ac arna i. Gwenodd, a chodi ei law. Cai... Cai? Beth yn y byd oedd Cai yn ei wneud yma? Fo oedd y person olaf roeddwn i'n disgwyl ei weld. Dydw i prin yn ei nabod o. Dydan ni ddim wedi torri dau air, ac mae o flwyddyn yn hŷn na fi. Dwi'n synnu ei fod yn gwybod pwy ydw i, heb sôn am wybod ble'r ydw i. Ond dyma fo, yn cerdded i fyny'r allt, ei bac ar ei gefn, yn gwenu fel giât. Safodd o fy mlaen i.

'Wow. Am le bach hyfryd!' medda fo.

'Ie,' medda fi. Pam oedd o yma?

'Ac am fore braf!' Edrychodd i fyny ar yr haul trwy'r dail uwch ein pennau.

'Ie.' Rydw i wedi colli'r arfer o sgwrsio gyda phobl. A dweud y gwir, doeddwn i erioed yn un dda am sgwrsio. Mae rhai pobl yn medru agor eu cegau, ac mae geiriau'n dod allan sy'n gwneud i bawb deimlo'n gyfforddus, ac er nad ydyn nhw ddim wedi dweud dim byd bron, mae pawb yn hoffi'r bobl hynny, achos mae'r ddawn i wneud efo pobl eraill yn bwysicach na bron dim byd arall. Does gen i ddim o'r ddawn honno. Oni bai bod gen i rywbeth i'w ddweud, dwi'n dueddol o aros yn dawel.

'Dwi 'di dod â choffi. Wyt ti'n hoffi coffi? Llefrith coconyt sydd ynddo fo. Doeddwn i ddim yn siŵr os oeddet ti'n figan, neu beth bynnag. Mae o'n OK mewn coffi. Dim fel *soya*, mae hwnnw'n gwahanu . . . '

Daliais i syllu arno fo. Roedd yr haul tu ôl iddo yn rhoi lleugylch o aur o amgylch ei ben tywyll. Sylweddolais ei fod yn nerfus. Dydw i ddim yn hoffi coffi, ond roeddwn i'n gwybod yn well na chyfaddef hynny.

'Diolch,' medda fi. 'Eistedda i lawr.' Swniai'r gwah-oddiad yn ffurfiol, bron, a chefais awydd chwerthin, ond llwyddais i beidio. Eisteddodd Cai ar garreg gerllaw, ac estyn fflasg thermos o'i fag, a dau gwpan enamel coch. Tywalltodd y coffi a rhoi un i mi. Roedd yn chwerw, ond yn gynnes.

Eisteddasom, yn yfed coffi, ac yn gwylio'r dail yn symud yn yr awel. O'r diwedd, dywedodd Cai, 'Mae'n siŵr bod chdi'n methu deall pam ydw i yma.'

'Cywir,' medda fi, gan edrych i'w lygaid am y tro cyntaf. Roedden nhw'n wyrdd, ac yn fwyn.

'Wel, yn un peth, roeddwn i eisiau dweud 'mod i'n meddwl dy fod di'n ddewr iawn.' Dyma fo'n cochi, rhyw fymryn. Anhygoel! 'Ac . . . Wel, dwi'n meddwl dy fod di'n iawn. Mae adeiladu ffyrdd yn ychwanegu at y broblem. Ac mi fasa torri'r coed, clirio'r tir, adeiladu lôn yn fan hyn, mi fasa fo'n beth ofnadwy i'w wneud. Yn rong. Yn anghywir. Mae'n rhaid i ni ei stopio fo.'

Mae'n rhaid. I ni. Ei stopio fo. Roedd y geiriau'n canu

yn fy mhen. Ni. Ni. Pwy oedd ni? Doedd 'na neb wedi dod yma cyn hyn ond fi. Fi, ar fy mhen fy hun, ddydd a nos, yn y glaw a'r gwynt, un *teenager* gwallgof yn byw yn y goedwig. Sylweddolais fy mod yn gwenu.

'Wow. Diolch, Cai. Mae hyn yn dipyn o syndod.'

'Felly wyt ti'n fodlon i ni ddod yma i wersylla hefyd?' medda fo.

'Ni? Pwy?' medda fi, yn edrych o gwmpas, fel pe bawn yn disgwyl gweld torf yn cuddio ymysg y coed.

Chwarddodd Cai. 'Mae 'na saith ohonon ni. Fi, Ceinwen Harris, Alex Taylor, Esyllt Llywelyn, Diego Acosta, Nel Cae Hir, Sara Dwynwen. Wyt ti ddim wedi gweld dy dudalen Facebook yn ddiweddar?'

'Na. Fedra i ddim cadw'r batri 'di'i lenwi allan fan hyn, a beth bynnag, tro diwethaf i fi edrych, doedd 'na ddim byd ond Becky'n galw fi'n ast a rhyw bobl dwi ddim hyd yn oed yn nabod yn trio inbocsio fi i ddweud eu bod nhw am ddod i fy lladd i ryw noson dywyll. Felly doeddwn i ddim yn gweld pwynt edrych arno fo.'

'Oeddwn i'n ama. Ti wedi bod yn ddistaw iawn ers hir. Edrych ar hyn.' Dyma Cai yn estyn ei ffôn i fi. Roedd fy nhudalen Facebook yn agored arno fo, ac roedd pobl wedi bod yn gadael negeseuon i mi:

Esyllt Llywelyn: 'Melangell, ti'n ysbrydoliaeth.'

Catrin Dylan: 'Cefnogi chdi 100%.'

Dorian Ashby: 'Mel, you are a star. Don't let the f*****s get you down.'

Ceinwen Harris: 'Ti sy'n iawn. Mae'n rhaid gwneud rhywbeth.'

Edrychais i fyny o'r sgrin fach, wedi fy syfrdanu. Roeddwn i wedi bod mor unig, ar adegau. Doedd gen i ddim syniad bod 'na bobl oedd yn cefnogi beth oeddwn i'n ei wneud.

'Cai. Mae hyn yn anhygoel.'

'Mae 'na bymtheg ohonon ni ar streic bob dydd Gwener.'

'*Seriously*? Ers pryd?'

'Ers i ti ddiflannu i'r coed.'

'Wow! Mae hynna'n anhygoel. Pam na fasa rhywun wedi dod i ddeud wrtha i?'

'*Social media*. Roeddan ni'n cymryd y basat ti'n gwybod. Ond am bod chdi byth yn atab, mi wnes i ddechra meddwl ella bod chdi 'di mynd *offline*.'

'Do, ers oes. Pymtheg ar streic? Lle'r oedd y pymtheg yna pan oeddwn i ar streic?'

'Dwn i'm. Ella'i fod yn cymryd amser i bobl benderfynu pa ffordd i neidio. A bod yn deg, doeddat ti ddim ond ar streic am wythnos cyn diflannu.'

'Wnes i ddim diflannu. Mi wnes i adael i'r ysgol wybod ble'r ydw i. Mae'r Cyngor Sir yn gwybod, y cwmni adeiladu. Mam a Dad. Dwi wedi rhoi llythyrau i bawb. Negeseuon ar Facebook, Instagram, Twitter.'

'Ie. OK. Ond diflannu yn yr ystyr o beidio dod i'r ysgol, a pheidio mynd ar-lein.'

'O, diflannu fel 'na,' chwarddais. Mae rhyw elfen o ddiflannu yn yr holl beth, mae'n siŵr. Weithiau dwi'n teimlo fy mod i'n hollol dryloyw. Gwynt a sŵn adar yn chwythu trwydda i, yr haul yn tywynnu trwy fy mhen, heb adael cysgod. Arogl y mwsogl a'r dail yn fwy real na 'nghorff fy hun.

'Dwi'n meddwl mai'r cyfweliad radio ddaru swingio'r peth i lot o bobl.'

'Wir? Doeddwn i ddim yn meddwl fasa neb yn gwrando.'

'Oedd 'na amball un yn gwrando, ac mi ddaru rhywun roi'r clip ar YouTube, ac rŵan mae pawb yn y wlad wedi ei glywed o.'

Dwi'n cofio'r cyfweliad radio. Roeddwn i'n eistedd ar y llawr o flaen giât yr ysgol, fel pob dydd Gwener, ond yn fwy nerfus nag arfer, am fod Radio Cymru yn dod i gyfweld â fi. Fe ddaethon nhw mewn Range Rover. Dyn sain, a chyfwelydd. Doeddan nhw ddim yna'n hir, roeddan nhw'n ymddangos fel petaen nhw ar frys.

'Haia, Melangell? Diolch am gytuno i siarad efo ni. Wyt ti'n barod am y cyfweliad? OK, grêt. Barod, Harri? Ffwrdd â ni. Tri, dau, un. Rydw i tu allan i ysgol uwchradd lle mae un o'r disgyblion, Melangell O'Hare, ar streic dros yr hinsawdd. Fedrwch chi egluro i'n gwrandawyr, Melangell, yn union beth mae hyn yn ei olygu?'

'Beth mae'n ei olygu ydi fy mod i wedi penderfynu aros allan o'r ysgol bob dydd Gwener, er mwyn galw ar ein llywodraeth i wneud mwy i atal newid hinsawdd. Rydw i'n rhan o fudiad o filoedd o blant ysgol ar draws y byd sydd ar streic o'r ysgol dros yr hinsawdd.'

'Pam eich bod chi mor angerddol ynglŷn â newid hinsawdd, Melangell?'

'Pam fy mod i mor angerddol? Mae'n ddrwg gen i, ond mae'r cwestiwn o chwith. Y cwestiwn mwy perth-nasol ydi pam *nad* ydych chi'n angerddol ynglŷn â newid hinsawdd. Pam nad ydi pawb? Newid hinsawdd yw'r bygythiad mwyaf mae'r blaned wedi ei wynebu ers cenedlaethau. Mae'r pegynau yn toddi, lefel y môr yn codi, mae 'na lifogydd, tanau gwylltion, tir amaethyddol yn troi'n anialwch, coedwigoedd yn diflannu, miliynau o bobl yn cael eu digartrefu, dau gant o rywogaethau yn darfod bob diwrnod. A dim ond y dechrau ydi hyn. Mae gwyddonwyr yn dweud os ydi'r tymheredd byd-eang yn codi 3.5 gradd, mae'n annhebyg y bydd ein gwareiddiad presennol yn goroesi. 5 gradd yn gynhesach, ac fe all *Homo sapiens* fynd yn *extinct*. Y cwestiwn mewn gwirionedd yw pam fod cyn lleied o bobl yn gwneud unrhyw beth ynglŷn ag o.'

'Ie, wel. A beth yn union ydych chi'n meddwl y dylai pobl ei wneud am y peth?'

'Ryden ni'n galw ar lywodraethau'r byd i ymrwymo i roi'r gorau i danwydd ffosil a mabwysiadu ynni adnewyddol ar gyfer 100% o'n hanghenion ynni, ac i gynnig help i ffoaduriaid newid hinsawdd.'

'Ydych chi ddim yn meddwl y byddai'n well i chi orffen eich addysg a pharatoi ar gyfer gyrfa mewn gwyddoniaeth neu wleidyddiaeth er mwyn cael dylanwad ar y sefyllfa ar ôl i chi dyfu'n oedolyn?'

'Mae'r gwyddonwyr yn dweud bod gyda ni dair blynedd i wneud y newidiadau i atal effeithiau gwaethaf newid hinsawdd. Mae'r wyddoniaeth yn glir. Mae'r atebion gynnon ni. Rydan ni'n gwybod beth sydd angen ei wneud. Erbyn i mi orffen fy addysg a dechrau gyrfa, mi fydd hi'n rhy hwyr, a fydd 'na ddim swyddi mewn gwyddoniaeth na llywodraeth. Rŵan ydi'r amser i weithredu. Hon ydi'r ffenest fechan, gul lle mae'n bosibl i ni atal yr effeithiau gwaethaf.'

'Ydi'ch rhieni'n cefnogi'r ymgyrch?' gofynnodd, fel petai ganddi hi a phawb yn y wlad hawl i wybod popeth amdanaf fi a fy mherthynas anodd iawn gyda fy rhieni.

Ddywedais i ddim byd am funud. Beth fedrwn i ei ddweud? Yn y pen draw dywedais, 'Dydw i ddim yn meddwl bod hynny'n berthnasol i'r drafodaeth, a dweud y gwir.'

'Digon teg. Melangell, diolch yn fawr am siarad efo ni. Mae wedi bod yn ddiddorol iawn. Yn ôl atoch chi yn y stiwdio, Dafydd.'

Gwenodd ei gwên ffug, gwthiodd ei gwallt annaturiol o sgleiniog y tu ôl i'w chlust, cadwodd ei microffon yn y cas du wrth ei hochr, a diflannodd i mewn i'r Range Rover heb yngan gair. A dyna ddiwedd ar hynny, yn fy nhyb i. Ond ymddengys fod fy ngeiriau wedi cael effaith wedi'r cyfan.

'Do, mi aeth y clip yn *viral*, sy'n reit anarferol am glip radio. Lluniau ydi bob dim dyddiau 'ma,' meddai Cai. 'So, be ti'n feddwl? Wyt ti'n fodlon i ni ddod i wersylla efo chdi?'

Roeddwn i wedi dod i arfer gymaint efo byw yn y coed ar ben fy hun, wedi dod i nabod yr anifeiliaid, y newid yn y goleuni, y synau yn y nos. Wedi arfer efo fy nghwmni fy hun. Ond fedrwn i ddim gwrthod. Efo saith o bobl eraill, roedd 'na bosibilrwydd y gallwn i ennill y frwydr yma.

'Wrth gwrs!' medda fi.

Y noson honno, roeddwn i'n methu cysgu. Roedd y lleuad lawn yn taflunio siapiau'r canghennau ar y ddaear, a'r tylluanod brech yn mynd a dod, yn cario prae i'w plant. Maen nhw bron yn ddigon mawr i hela drostyn nhw'u hunain bellach, ond maen nhw'n dal i swnian ar eu rhieni am fwyd. Er bod y fam yn eu dwrdio nhw, mae hi'n dal i hela drostyn nhw. Ond mae rhywbeth yn ei hagwedd wedi newid. Pan oeddwn i yma i ddechrau, roedd y ddau riant yn hedfan yn ôl ac ymlaen yn ddiwyd drwy'r nos. Gallwn weld eu cariad at eu cywion yn y ffordd yr oedden nhw'n sefyll ar erchwyn y nyth, yn rhwygo'r prae yn ddarnau, gan wneud yn siŵr fod pawb yn cael ei siâr. Rŵan bod y cywion allan o'r nyth, yn gwichian am sylw o wahanol gyfeiriadau, mae amynedd y rhieni yn mynd yn brinnach. Maen nhw'n taro'r prae yn ddiseremoni o flaen y cyw, ac yn treulio mwy o amser i ffwrdd yn rhywle.

Fedra i ddim dychmygu rhannu'r lle yma efo neb arall. Fy lle cyfrinachol i ydi o wedi bod erioed. Pan ddois i yma o Iwerddon yn saith oed, a phlant yr ysgol yn chwerthin ar ben fy acen a'r ffaith nad oeddwn i'n siarad eu hiaith nhw, a fy rhieni'n rhy brysur yn sefydlu eu busnes i sylwi fy mod i'n drist, dyma lle'r oeddwn i'n dod. Doedd y coed ddim yn beirniadu, a theimlwn yr awel yn mwytho fy ngwallt, a'r dail yn sibrwd nad oedd dim byd yn bod arna i.

Un tro, fe ddois i'r coed ar noson oer, wrth i'r haul fachlud, a gorwedd mewn pant rhwng gwreiddiau dwy dderwen. Roeddwn i'n gwrando ar sŵn y canghennau'n siglo yn y gwynt, ac yn teimlo oerfel y ddaear yn treiddio i fy esgyrn. Taenais y siôl werdd yr oeddwn i wedi ei benthyg gan fy mam dros fy nghorff, a dychmygu fy hunan fel craig oedd wedi bod yno mor hir fel fy mod wedi magu haen o fwsogl. Caeais fy llygaid, efallai fy mod wedi cysgu. Pan agorais fy llygaid, roeddwn i drwyn wrth drwyn gyda sgwarnog. Roedd ei wisgars yn cosi fy moch, ac er ei bod hi'n dywyll, gallwn weld ei llygaid gloyw yn syllu arna i. Synhwyrodd yr aer o amgylch fy mhen yn bwyllog, ddifrifol. Arhosais yn berffaith lonydd rhag ei dychryn. O'r diwedd, fe drodd ei chefn ataf a neidio i ffwrdd ar ei choesau heglog ar ei pherwyl dirgel ei hun.

Bore dydd Iau oedd hi pan ddaeth y sioc. Cerddais i lawr y grisiau yn meddwl am yr adroddiad cemeg roeddwn i heb ei ysgrifennu; tybed a fyddai gen i amser i'w orffen yn ystod amser cinio? Roedd Dad wrth y bwrdd yn y gegin, a Mam yn sefyll y tu ôl iddo'n edrych dros ei ysgwydd ar haen o bapurau wedi eu gwasgaru ar draws y bwrdd brecwast. Cynlluniau'r ffordd osgoi. Edrychais ar y llinellau coch ar y map. Roedden nhw'n ddigon pell o'n tŷ a'n gardd ni. Ond roedd y lôn newydd yn torri trwy ganol fy nghoedwig fach i, mor llydan fel na fyddai ond ambell goeden ar ôl ar bob ochr. Syllais ar y map, yn teimlo'n sâl. Roedd fel bod mewn hunllef. Dyma'r lle a garwn fwyaf yn y byd; mwy na fy nghartref, ac roedd yn mynd i gael ei ddileu oddi ar y map am byth.

'Na,' medda fi. 'Dydi hynna ddim yn iawn.'

'Be sy?' meddai Mam.

'Y goedwig fach 'ma yn fan hyn. Maen nhw eisiau rhoi'r lôn drwy ei chanol hi.'

Edrychodd Mam ar lle'r oedd fy mys yn pwyntio ar y map.

'Ydyn hefyd,' meddai, gan edrych arnaf fi, ei haeliau'n gofyn, 'A beth am hynny?'

'Dwi'n mynd yna o hyd. Fedran nhw ddim...' Dwi'n colli rheolaeth ar fy llais, mae'r dagrau'n dod, er nad ydw i ddim eisiau rhannu dim o hyn â fy rhieni.

'Mel! Mel, be sy'n bod?' Mae Mam yn swnio wedi ei dychryn.

'Fy nghoedwig fach i, dwi'n caru'r lle 'na!'

'Wyt?' Mae hi wedi ei synnu. Mae'n gwawrio arni cyn lleied y mae hi'n fy adnabod i. Mae Dad jyst yn edrych wedi drysu, ei lygaid yn symud o'r map at fy ngwyneb, at wyneb Mam, yn deall dim.

'Fasat ti'n dangos y lle i mi?' meddai Mam. 'Dydi'r cynlluniau yma ddim yn derfynol. Maen nhw'n gwahodd sylwadau. Fedrwn ni sgwennu llythyr. Mi wna i helpu os wyt ti eisiau.'

Sychais fy llygaid. Fedrwn ni stopio hyn. Cyn belled â bod ein llythyr ni'n ddigon da, mi wnân nhw weld nad ydi hyn yn OK.

Y noson honno, dangosais y lle i Mam. Dyma'r tro cyntaf ers misoedd, blynyddoedd efallai, i mi rannu unrhyw beth personol efo hi. Mae hi wedi bod â'i thrwyn wrth sgrin cyfrifiadur byth ers i ni symud yma, yn cynllunio a chysodi a chreu gwefannau a strategaethau marchnata digidol. Yn gwneud ei gorau i roi bywyd da i mi, mae'n siŵr, ond yn diflannu o flaen fy llygaid.

'Ti'n iawn,' meddai hi, 'mae'n dda mynd allan am dro. Gweld yr haul. Anadlu'r awyr. Roedden ni'n cerdded lot pan oeddat ti'n fach, ti'n cofio? Campio a cherdded. Mynyddoedd Wicklow, traethau'r gorllewin gwyllt. Mae 'na lefydd gwerth eu gweld yng Nghymru hefyd. Pan mae'r cwmni wedi ei sefydlu'n iawn ac yn medru gwneud hebddan ni am chydig ddyddiau, mi ddylian ni fynd i wersylla eto, jyst y tri ohonon ni.'

Rydw i wedi clywed y math yma o beth o'r blaen. Nid

nad ydi hi'n golygu beth mae hi'n ei ddweud, jyst nad ydi'r dydd byth yn dod. Rydw i wedi arfer bellach efo'r cwmni, mae fel chwaer fach sydd angen holl sylw fy rhieni. Chwaer sydd bob amser mewn creisis o ryw fath, angen gofal dwys, 24 awr y dydd. Rydw i'n ddigon mawr i edrych ar fy ôl fy hun bellach, ond does dim arwydd bod fy chwaer fach i byth yn mynd i sefyll ar ei thraed ei hun. Weithiau, dwi'n gobeithio y gwneith hi fethu. Wedyn fasa'n rhaid i Mam a Dad gael swyddi normal, a gadael eu gwaith ar ôl ar ddiwedd y dydd, a sylwi ar beth ydw i'n ei wneud. Ond maen nhw wedi buddsoddi gormod erbyn hyn. Fedran nhw ddim gadael iddi fynd, er bod ei gofynion yn hanner eu lladd nhw.

Y noson honno, helpodd Mam fi i ysgrifennu'r llythyr.

Annwyl Syr/Fadam
Rwy'n ysgrifennu atoch er mwyn datgan fy ngwrthwynebiad i'r cais uchod. Bydd y lôn newydd yn torri ar draws coedwig fechan rhwng Eglwys St Francis a'r afon (cyfeirnod grid xxx). Mae'r coed hyn yn dderw aeddfed ac yn cynnal nifer o rywogaethau bywyd gwyllt eraill megis tylluanod, gwybedog brith, mamaliaid bychain megis ysgyfarnogod a llygod, a llawer o rai eraill. Mae astudiaethau wedi dangos bod coed derw yn medru cynnal dros ddwy fil o rywogaethau, yn drychfilod, mwsoglau, ffyngau, cennau, adar a mamaliaid. Mae'n lleoliad heddychlon gydag awyrgylch arbennig, ac mae'n agos iawn at fy nghalon i fel lle i fynd i ymlacio a chael persbectif ar y byd. Byddai adeiladu'r

ffordd osgoi drwy'r safle hwn yn golygu ei
ddinistrio'n llwyr. Byddai hyn yn golled nid
yn unig oherwydd gwerth cynhenid y lle, ond
oherwydd gallu'r coed i amsugno a chloi carbon
deuocsid, gan leihau effeithiau newid hinsawdd.
Rwyf hefyd yn gwrthwynebu'r syniad o ffordd
osgoi oherwydd bod cynyddu'r ddarpariaeth
ar gyfer ceir yn groes i ddatblygiad system
drafnidiaeth gynaladwy, a ddylai ganolbwyntio
ar drafnidiaeth gyhoeddus, seiclo a cherdded.

Diolch am ystyried fy marn,
    Melangell O'Hare

Ar ôl gyrru'r llythyr, teimlwn yn llawer gwell. Roedd y
ddadl yn gref, ac wedi ei geirio'n dda, gyda help Mam.
Allen nhw ddim peidio â gweld y synnwyr yn yr hyn
roeddwn i'n ei ddweud. Bythefnos wedyn daeth yr
ymateb:

Par: Cais Cynllunio rhif C25/3784/75/OP,
y ffordd osgoi.

Annwyl Ms O'Hare
Diolch am eich llythyr dyddiedig yr ugeinfed
o Orffennaf, ynghylch y cynlluniau ar gyfer y
ffordd osgoi. Hoffwn eich sicrhau ein bod wedi
comisiynu arolygon bywyd gwyllt yn unol â
Rheoliad Cynllunio Gwlad a Thref (Asesiad
Effaith Amgylcheddol) 2017. Atodaf grynodeb
o'r archwiliad hwn, sy'n dangos nad oes unrhyw
rywogaethau gwarchodedig yn bresennol yn

y goedlan dan sylw, a chan nad yw'r goedlan
ei hun wedi ei dynodi yn safle gwarchodaeth
nac o ddiddordeb gwyddonol arbennig, nid
yw'n cael ei hystyried o bwysigrwydd i fywyd
gwyllt. Yn ychwanegol at hyn, hoffwn dynnu
eich sylw at y ffaith mai dyma'r unig lwybr posibl
ar gyfer y ffordd osgoi, oherwydd presenoldeb
eglwys hynafol St Francis i'r gorllewin, a nifer o
anheddau yn yr ardal honno, a'r afon a Chors y
Gwlithgant i'r dwyrain. Mae Cors y Gwlithgant
yn safle o ddiddordeb gwyddonol arbennig, ac
wedi ei dynodi yn Ardal Gadwraeth Arbennig,
ac fel y byddwch yn gwerthfawrogi, ni ellid
adeiladu ar safle o bwysigrwydd rhyngwladol
o'r math hwn. Rydym hefyd wedi comisiynu
asesiad effaith amgylcheddol ar gyfer y prosiect
yn ei gyfanrwydd, a chasgliad yr asesiad hwnnw
oedd y byddai ffordd osgoi yn ysgafnhau'r traffig
trwy ganol y dref, gan leihau llygredd awyr yn y
strydoedd, yn benodol y tu allan i'r ddwy ysgol a'r
ganolfan hamdden. Nid ydym yn rhagweld y bydd
y lôn newydd yn cael effaith ar newid hinsawdd,
gan na fydd yn cael effaith uniongyrchol ar y
nifer o geir sydd yn teithio ar y lôn.

   Gobeithio bod yr uchod yn egluro ein
safbwynt ac yn lleddfu eich pryderon. Os
oes gennych unrhyw gwestiynau neu bwyntiau
pellach i'w codi, mae croeso i chi gysylltu
â mi yn bersonol ar y rhif ffôn neu'r cyfeiriad
e-bost uchod.

Yr eiddoch yn gywir,
Dafydd Cadwaladr
Uwch-swyddog Cynllunio

Roeddwn i wedi fy llorio. Doedd dim byd roeddwn i wedi ei ddweud wedi gwneud unrhyw wahaniaeth. Wnes i ddim cysgu'r noson hono, na'r nesaf, nac am amser hir. Roeddwn i'n medru gweld y coed yn disgyn, eu cyrff yn gelain ar y ddaear, yn cael eu llifio'n ddarnau a'u tomennu, a'r ddaear dywyll, ffrwythlon yn cael ei gorchuddio dan darmac. Gwelwn ddynolryw yn ymledu fel salwch dros wyneb y ddaear, yn lladd popeth sydd ddim o ddefnydd. Roedd yr holl fyd yr oeddwn i'n ei garu yn dod i ben, ac roeddwn i'n ofni fy mod yn rhan o'r broblem. Roedd pob dim yr oeddwn i'n ei fwyta wedi ei dyfu ar dir wedi ei wenwyno. Bob tro'r oeddwn i'n teithio i unrhyw le, roedd y mwg yn ychwanegu at y nwyon tŷ gwydr yn yr aer, pob dim oedd gen i yn golygu bod rhywun yn rhywle yn gorfod mynd heb rywbeth. Roedd gen i ofn mai'r unig ffordd i osgoi gwneud drwg i'r ddaear oedd drwy farw. Ond roedd gen i fwy byth o ofn marw. Roeddwn i wedi fy mharlysu gan euogrwydd ac ofn am benwythnos cyfan. Bore dydd Llun, gorfododd Mam fi i godi, a rhoddodd Dad ddarlith i mi am wneud fy ngore a chael gyrfa dda, a meddyliais cyn lleied yr oedd yr un ohonyn nhw'n ei ddeall amdanaf fi. Cyn lleied yr oedden nhw wedi gwrando arna i.

Yn yr ysgol roedd popeth i'w weld yn amherthnasol a phawb yn arwynebol, ac allwn i ddim gweld pwrpas yn unrhyw beth yr oeddwn i fod i'w ddysgu. Yr unig beth a oedd yn gwneud unrhyw synnwyr i mi'r diwrnod

hwnnw oedd pan ddigwyddais gerdded heibio i Dylan,
a hwnnw wedi ysgrifennu ar gefn ei siaced ledr mewn
tipp-ex: 'Fuck you, I won't do what you tell me.'

Y dydd Gwener hwnnw, yn lle mynd i'r ysgol fel arfer
ac eistedd wrth y giât efo fy arwydd lliwgar yn dweud
'Ar streic dros yr hinsawdd', fe baciais babell, llond
bag o fwyd, dillad cynnes, sach gysgu a lamp, ac fe
es i'r goedwig. Roedd y gwaith wedi dechrau ar y lôn
newydd yn barod, mewn mannau eraill. Coed wedi
eu torri, tir wedi ei godi a'i domennu. Bydden nhw'n
dod unrhyw ddiwrnod i dorri fy nghoed i. Doedd gen
i ddim dewis, mewn gwirionedd, ond eu hamddiffyn
nhw. Hynny neu farw o euogrwydd a thor calon. Felly,
codais fy mhabell o dan y coed ac aros. Ac felly y bues
i am fis, nes y daeth Cai. Roedd o'r mis mwyaf hyfryd,
llonydd, ystyrlon, gwyllt, anrhagweladwy, dychrynllyd,
tywyll, golau, anghyffyrddus a nefolaidd a brofais yn fy
mywyd. Roedd y rhan fwyaf o'r bwganod yn fy mhen,
ond teimlwn weithiau fod 'na rymoedd yn ymgasglu
ar ffiniau'r coed a oedd yn rhan o fyd arall, eisiau fy
ninistrio.

Pan ddaeth y lleill, roedd fy stumog i'n corddi a 'mhen
i'n troi. Beth petaen nhw'n swnllyd ac yn dychryn yr
anifeiliaid? Beth petaen nhw eisiau cynnau tanau mawr
a llosgi'r holl bren marw oedd mor llawn o bryfed a
chennau? Beth petaen nhw'n cymryd drosodd fy lle
bach dirgel, yn sathru'r mwsogl ac yn lladd y llygoden?
    Fel y digwyddodd, doedd dim rhaid i mi boeni.
Daethant yn un rhes, pump o bobl (roedd dau wedi

newid eu meddyliau dan bwysau gan eu rhieni). Roedden nhw'n ddistaw iawn. Eisteddodd pawb â'u coesau wedi'u croesi ar y ddaear, a rhannu te a bisgedi. Roedd pawb yn swil. Bron fel petai embaras arnyn nhw. Teimlais y dylswn wneud rhywbeth i dorri'r garw. Roeddwn innau'n teimlo'n hynod swil, ond gan mai fi oedd wedi dechrau'r peth rhyfedd hwn, teimlwn fod gen i ryw fath o gyfrifoldeb.

'Ymm. Efallai y dyliwn i ddweud rhywbeth?' medda fi, yn ansicr. Edrychodd pawb arnaf, eu llygaid yn ddisgwylgar. Ddywedodd neb ddim byd.

'Wel. Ymm. Dydw i ddim wedi arfar siarad o flaen pobl. Ond faswn i'n hoffi diolch i chi am ddod yma. Dydw i ddim yn nabod neb ohonoch chi'n dda iawn, felly mi faswn i'n hoffi clywed pam eich bod chi wedi penderfynu dod yma i warchod y goedwig. Mi wna i ddweud wrthoch chi'n gyntaf pam y dois i yma.'

Arhosais am eiliad i feddwl.

'Wel, i ddechrau, mi'r oeddwn i'n poeni am newid hinsawdd, a cholli amrywiaeth bywyd, a phlastig yn y môr, a fforestydd glaw yn llosgi, a'r rhew yn dadmer yn yr Arctig. Dim jyst yn poeni, ond yn effro yn y nos yn troi a throsi, ac yn teimlo'n sâl yn fy stumog am bod 'na ddim byd oeddwn i'n medru'i wneud am y peth, ac yn meddwl bod dim ots gan neb arall. Roedd pawb yn dal i fynd i'r ysgol ac i'r gwaith, yn siarad am ddillad a rygbi a'r etholiad a'r papur wal fel petai popeth yn normal. Doedd o'n gwneud dim synnwyr i mi. Un ai roeddwn i'n wallgof, neu roedd y byd yn wallgof. Roeddwn i'n dod i fan hyn, ac yn eistedd efo'r coed, ac yn teimlo ar ôl dipyn mai fi oedd yn iawn, a bod y byd yn wallgof. Wedyn daeth Greta, a'r streic o'r ysgol, a meddyliais efallai fod 'na rywbeth faswn i'n medru ei wneud wedi'r cyfan. Rhywbeth bach, ond yn well na dim byd. Doedd o ddim yn hawdd. Doedd yr ysgol ddim yn hapus, doedd fy rhieni ddim yn hapus. Roedd pawb yn meddwl 'mod i'n rhyfedd. Ond pan es i ar streic am y tro cyntaf, fe setlodd rhywbeth y tu mewn i mi. Mae'n well anghytuno efo'r holl fyd nag anghytuno efo chdi dy hun. Ond wedyn ti'n sylweddoli wrth newid ochrau nad wyt ti ddim ar dy ben dy hun. Achos mae'r byd arall, byd anifeiliaid a phlanhigion, dŵr, daear a gwynt, yn cytuno hefo ni. Dyna sydd mor angenrheidiol am le fel hyn – ti'n dod yma, ac mae byd pobl yn tawelu, a ti'n gallu clywed y coed yn sibrwd, a ti'n deall bod 'na rywbeth mwy na chdi dy hun. Felly, pan glywais fod y ffordd osgoi yn dod ffordd hyn, a'u bod nhw'n mynd i dorri'r coed yma, mi wylltiais i. Dydi o ddim ond yn ddarn bach o'r ddaear, ac mae 'na goedydd eraill mwy, efo mwy o amrywiaeth, coed hŷn, cennau prinnach a phob dim felly. Ond hwn, y darn bach yma'n fan hyn, yw fy lloches i, y darn ydw i'n ei nabod a'i garu. Os wna i ddim amddiffyn y lle yma, mi fydda i wedi bradychu popeth rydw i'n credu ynddo. Achos dydi parchu'r byd naturiol ddim i wneud efo jyst gwarchod yr esiamplau gorau, y rhywogaethau mwyaf prin, y llefydd mwyaf hynod. Mae'n rhaid i ni warchod y rhai sydd yn fwy cyffredin, cyn iddyn nhw gyrraedd y rhestrau 'dan fygythiad'. Mae'n rhaid i ni ystyried pob coeden a phob craig fel petai ganddyn nhwythau hawliau. A beth bynnag, pam fod angen lôn osgoi? Osgoi beth? Osgoi cyfrifoldeb, osgoi wynebu'r gwir, bod yn rhaid i ni stopio trin y ddaear fel pe bai'n adnodd i'w ddefnyddio a'i ddiystyru.'

Roedd pawb yn edrych arna i, ac er mawr syndod, roeddwn i wedi mynd i dipyn o hwyl, ac yn ffeindio'r geiriau'n dod yn hawdd, a'm llais yn mynd yn uwch, ac yn fwy hyderus. Oedais am funud, ac edrych ar y bobl o fy mlaen i, a theimlo ton o ddiolchgarwch.

'Roeddwn i'n meddwl fy mod i ar ben fy hun yn teimlo fel hyn. Jyst fi a Greta, ac ambell griw o blant ysgol eraill mewn llefydd pell i ffwrdd. Ond rydach chi wedi dod yma i helpu gwarchod y goedwig, ac alla i ddim dechrau dweud wrthoch chi beth mae hynny'n ei olygu i mi. Ar wahân i ddim byd arall, fe fydd ein hymgyrch gymaint yn fwy effeithiol rŵan. Mi wneith pobl ein cymryd ni fwy o ddifrif, ac mi fyddwn ni'n medru gweithredu pan ddaw yr amser. Diolch o waelod fy nghalon i chi am ddod yma.' Edrychais o amgylch y criw. Roeddwn i eisiau dod i'w nabod nhw. Eisiau rhoi croeso iddyn nhw. 'Beth am fynd rownd y cylch, a phawb i ddweud rhywbeth am pam maen nhw wedi dod yma?'

Sara oedd y person cyntaf i'r chwith, ac edrychais arni hi'n ddisgwylgar. Edrychodd i lawr. Doedd neb wedi disgwyl gorfod rhoi araith.

'Wel . . . ' meddai. 'Dydw i ddim wedi bod i'r goedwig yma cyn heddiw – dwi'n byw yn Pantycleddau – ond dwi'n gwybod yn union be ti'n sôn am pan ti'n dweud bod 'na rywbeth arbennig am y lle yma. Mae gen i le dwi'n mynd i. Silff hanner ffordd i fyny'r ceunant 'ma, uwchben yr afon. Mae 'na goeden griafol, a dwi'n gallu edrych i lawr ar y rhaeadr, ac mae'r haul yn dod trwy'r bwlch ac yn goleuo'r lle ar rai adegau o'r dydd. Tasa rhywun eisiau rhoi lôn trwy fanno (fasan nhw ddim, yn amlwg, mae'n lot rhy serth!), ond tasan nhw, mi fasa fo'n fy lladd i. Mae o'n rhyfedd. Mae o fatha bod y lle yn rhan ohona i, dwi'n teimlo fo, hyd yn oed pan dwi ddim yna.'

'Yndi!' medda fi. 'Mae hynna mor wir. Fel petai rhywun eisiau adeiladu ffordd trwy ganol dy ymennydd neu dy galon neu rywbeth!'

Diego oedd nesaf: 'Dwi'n meddwl bod fi dipyn bach yn wahanol. Dydi o ddim i wneud efo'r lle arbennig yma, nac unrhyw le arall i fi. Mae o mwy amdan y model o ddatblygiad. Gwneud popeth yn fwy cyfleus, yn gyflymach, yn rhatach. Ond cost hynny ydi newid hinsawdd, a phan mae'r hinsawdd yn *fucked*, rydan ni i gyd yn *fucked*. Mae o mor amlwg bod 'na *limits* ar faint allwn ni dyfu, ond mae'r economi a gwleidyddiaeth yn dal ymlaen fel petai dim o'r fath beth. Dwi eisiau gweld newidiadau anferth reit ar draws y system, ond mae'n rhaid cymryd pob brwydr un ar y tro . . . Felly dyma fi, yn fan hyn.'

Esyllt siaradodd ar ôl Diego: 'Mi dorrodd Dad fy hoff goeden i lawr i adeiladu'r sied newydd ar y fferm. Doeddwn i ddim yn gwybod faint oedd y goeden 'na yn golygu i mi nes oedd hi wedi mynd.'

'Sut goeden oedd hi?' gofynnais.

'Derwen,' meddai Esyllt.

'Mae hynna'n drist iawn. Ond ti'n gwneud peth dewr, yn defnyddio hynna fel sbardun i wneud rhywbeth positif. Diolch, Esyllt,' medda fi.

Doedd Esyllt ddim yn edrych fel petai hi eisiau dweud dim byd arall, felly trodd pawb i edrych ar y nesaf yn y cylch: Alex.

'Yeah, fuck the system, innit?' meddai yntau. Chwarddodd pawb. 'No, but really, I just think it's wrong.

ddynes. Dydi hi ddim yn flin, mae hi jyst yn adrodd ffaith. 'Wedyn fe fyddai gennych chi record troseddol yn erbyn eich enw, fasa'n medru effeithio ar eich gallu i gael swydd . . . '

'Ond os ydych chi'n cytuno i adael rŵan, wnawn ni ddim dwyn achos yn eich erbyn chi, a chewch chi fynd yn ôl i'r ysgol a dal ymlaen efo'ch bywydau, a gawn ni anghofio bod dim o hyn wedi digwydd,' meddai'r dyn.

'Na,' medda fi. 'Diolch am y rhybudd, ond mi wnawn ni aros yn fan hyn.'

'Mi wnawn ni aros,' meddai Cai, yn camu yn ei flaen, 'nes ein bod ni'n cael addewid gan yr Adran Briffyrdd na fydd y coed yma'n cael eu torri.'

'Dydi hynny ddim yn mynd i ddigwydd,' meddai'r dyn. 'Mae'r *groundworks* wedi dechrau ers dros fis rŵan. Mae'r lôn yn cael ei hadeiladu, fedrwch chi ddim stopio hynny.'

'Gawn ni weld am hynna,' medda fi.

'Wel, mi fasa'n well i chi fynd adref, ond os ydach chi'n dewis aros yma, dydi rhai o'n cyd-weithwyr ni ddim mor gyfeillgar â ni. Fydd 'na ddim sgwrs neis tro nesa.'

'OK, wel mae wedi bod yn hyfryd eich cyfarfod chi,' medda fi. Ac fe gerddon nhw'n ôl ar draws y cae, efo glaw mân yn disgyn ar eu lifrai duon.

'Mi aeth hynna'n reit dda,' meddai Sara.

'Roeddat ti'n wych!' meddai Cai.

'Ond mae'n siŵr eu bod nhw'n dweud y gwir. Fyddan nhw ddim mor rhesymol y tro nesaf,' medda fi. Roedd y teimlad annifyr wedi dod yn ôl.

'Wel, mi fydd jyst rhaid i ni baratoi, felly,' meddai Cai.

*

Fe gawsom ni sawl ymweliad gan yr heddlu wedi hynny, ac roedd hi'n wir eu bod nhw'n llai cyfeillgar ac yn fwy niferus bob tro. Ond yr un oedd y neges. Ewch adre, neu mi wnawn ni'ch arestio chi. Ond am ryw reswm, ddaru nhw ddim. Daeth y bobl deledu a radio, hefyd, ac fe fyddai'n rhieni'n dod i'n gweld ni. Rhai yn gefnogol, ac yn danfon bwyd, golchi, coginio, past dannedd . . . eraill yn ddiddeall, ac yn ceisio bygwth neu bledio i'n cael ni i roi'r gorau iddi a mynd yn ôl i'r ysgol. Weithiau, byddem ni'n cael ymweliad gan bobl oedd jyst eisiau dod i ddweud eu bod nhw'n ein cefnogi ni. Eraill eisiau i ni gallio a thyfu i fyny a mynd adre. Rheiny oedd y gwaethaf, am eu bod nhw mor emosiynol, mor ddiwrando.

Un bore, fe ddeffroais, ac roeddwn i'n gwybod ar unwaith fod rhywbeth anarferol ar droed. Roedd yr adar yn swnio'n fwy croch nag arfer, fel petaen nhw mewn panig. Gwisgais yn frysiog a dod allan o fy mhabell. Yn y pellter, yr ochr arall i'r cae, gwelwn beiriant mawr melyn yn agosáu. Yn martsio o'i flaen, roedd haid o bobl. Rhai mewn siacedi llachar oren a hetiau caled, yn cario llifiau cadwyn, eraill mewn lifrai heddlu.

'Deffrwch!' gwaeddais, gan redeg o amgylch y gwersyll yn ysgwyd pebyll. 'Deffrwch, maen nhw yma!'

O fewn pum munud, roedd pawb ar eu traed, a phum munud ar ôl hynny, roedd pawb wedi dringo coeden a'u cadwyno'u hunain yn eu llefydd. Roeddem ni wedi ymarfer ar gyfer y foment hon droeon. Teimlai fel petai'n cymryd amser hir iawn i'r gweithwyr gyrraedd atom ni. Roeddwn i wedi penderfynu aros ar y ddaear i siarad, yn hytrach na dringo i'r coed fel y lleill. Gwyliais y bobl yn nesáu. Roedd gyda nhw gŵn. Alsatians yn rhedeg, a'u cynffonnau'n chwifio, yn edrych mor llawen yn haul y bore, fel cŵn anwes yn mynd am dro. Gallwn weld Insbector Marks ar y blaen. Teimlwn yn annifyr drosto, yn gorfod dod i'n harestio ni, ac yntau'n gwybod yn nyfnder ei galon nad oeddan ni wedi gwneud dim o'i le. Edrychais ar y dynion yn eu dillad llachar. Dynion gonest efo plant a gwragedd, pawb eisiau gwneud ei fywoliaeth. Edrychais i fyny i'r coed ar fy ffrindiau annwyl, mor llawn cariad at y byd, yn barod i dorri'r rheolau er mwyn gwarchod y goedwig. Edrychais ar yr awyr, y gwair, y coed, popeth mor glir. Teimlais y ddaear o dan fy nhraed a'r awel yn fy ngwallt, a rhywbeth yn llifo o'r bydysawd yn syth i 'nghalon ac yn fy llenwi efo goleuni a chariad. Dyma'n union ble'r ydw i i fod. A dyma sut mae pethau i fod i ddigwydd.

Maen nhw'n agosáu. Ac yna'n sydyn, mae un o'r cŵn yn cael arogl rhywbeth. Mae'n rhedeg, a rhywbeth yn rhedeg o'i flaen. Yn rhedeg i fy nghyfeiriad i. Yn syth amdanaf i. Sgwarnog, mewn panig, yn rhedeg yn syth 'chwap' i mewn i 'nghoesau. Yna'n sefyll, wedi drysu, yn edrych i fyny arna i. Dwi'n plygu i lawr ac yn ei chodi i fy nhgôl. Mae'n drwm, yn hirheglog, ond yn ddof fel oen swci.

Yr eiliad nesaf, maen nhw yma. Mae'r Insbector yn codi ei gorn siarad i'w wefusau, i ddweud bod yr eiliad wedi dod. Bod yn rhaid i ni ildio. Dwi'n aros. Mae'r byd i gyd yn dal ei wynt. Ond dydi o'n dweud dim byd. Mae'r distawrwydd yn ymestyn fel tafliad carreg mewn llyn, o amgylch y goedwig i bob cyfeiriad. Mae'r cŵn yn gorwedd i lawr. Mae'r dynion yn gosod eu llifiau cadwyn ar y llawr. Mae'r Insbector yn sefyll, ei gorn siarad wedi rhewi wrth ei wefusau. Rydan ni i gyd yn edrych ar ein gilydd, yn disgwyl. Yn gwrando. Mae'r angylion yn dal eu gwynt, yn y llonyddwch perffaith rhwng arbed a dinistrio. Yn y foment hir tra mae ffawd yn penderfynu pa ffordd i ddisgyn. Ac yna'r wyrth. Mae person arall yn ymddangos – rhywun doedd neb wedi sylwi arno'n agosáu, wedi dod o'r cyfeiriad arall.

'Arhoswch!' meddai. 'Stop!' Mae o allan o wynt. Wedi brysio. Wedi bod ar goll, a dweud y gwir, dim ond wedi cyrraedd jyst mewn pryd i ddanfon ei neges. Mae o'n gwisgo siwt, a thei. Dydi o ddim hyd yn oed wedi cael amser i newid ei sgidiau sgleiniog am rai mwy addas. 'Mae gen i neges gan y Gweinidog dros yr Amgylchedd, Ynni a Materion Gwledig. Mae hi wedi gofyn am ymchwiliad i'r broses gynllunio ar y prosiect yma. Mae lonydd newydd yn groes i bolisi trafnidiaeth gynaladwy'r Cynulliad, fel yr amlinellir yn y ddogfen 'Ffyniant i Bawb: Cymru Carbon Isel', ac mae hi'n poeni am yr honiadau sydd wedi dod gerbron bod gwrthwynebiadau dilys gan bobl leol i'r datblygiad wedi eu diystyru. Mae hi'n gofyn am i'r gwaith gael ei atal am gyfnod tra bod yr ymchwiliad yn mynd rhagddo, gan ddechrau yn syth.'

Tawelwch. Mae'r Insbector yn rhoi ei gorn siarad i lawr. Daw gwaedd o lawenydd o'r coed y tu ôl i mi. Does gen i ddim geiriau. Dwi'n rhoi'r sgwarnog i lawr yn ofalus, ond mae'n aros yn agos at fy nhraed wrth i mi gerdded at y negesydd a rhoi clamp o goflaid iddo, a chusan ar ei foch. Mae o wedi ei synnu, ac yn cochi, ond dydi o ddim yn hollol wrthwynebus, ychwaith. Mae'n siŵr nad ydi gweision sifil yn cael croeso mor wresog yn aml. Dydi'r heddlu'n dweud dim, dim ond troi ar eu sodlau, a cherdded i ffwrdd. Mae'r hogiau yn y siacedi llachar yn codi eu hysgwyddau. Does dim ots ganddyn nhw, maen nhw ar amser y cwmni. Ac mae'r coed yn dal i sefyll, ac mae'r peiriannau melyn yn troi am adref.

Chwe mis yn ddiweddarach cyhoeddwyd canlyniadau'r ymchwiliad, a ddaeth i'r casgliad fod proses Arolwg Amgylcheddol yr awdurdod wedi bod yn wallus gan nad oedd wedi cymryd i ystyriaeth effeithiau'r prosiect ar allyriannau carbon y sir. Casglodd hefyd fod nifer fawr o wrthwynebiadau gan bobl leol wedi cael eu hanwybyddu. Daeth y periannau i roi'r pridd yn ôl ar y caeau, a chafodd y goedlan fach ei dynodi yn warchodfa natur leol. Mae pobl yn galw'r lle yn 'Goedwig Melangell'. Rydw i a'r criw yn parhau i fod ar streic bob dydd Gwener. Mi fues i a Mam a Dad ar drip gwersylla am wythnos dros yr haf i Sir Benfro. Aethom i syrffio, a gweld dolffiniaid, a chael picnics a chwerthin a bwyta hufen iâ. Roedd o'n wych.

CERIDWEN

Heiddwen Tomos

Gwrach oedd Ceridwen. Gallai greu swynion i iacháu eraill. Roedd ganddi ddau o blant – merch, oedd yn dlws ac yn ddeallus, a mab, Afagddu, oedd yn hyll ac yn dwp. Ysai Ceridwen i roi iddo allu a holl wybodaeth y byd. Aeth ati i gasglu dail a'u berwi mewn pair. Cafodd was o'r enw Gwion bach i warchod y pair a'i gadw i ferwi am flwyddyn gyfan. Ymhen y flwyddyn poerodd dri diferyn ohono, ond yn hytrach na disgyn ar fysedd Afagddu a'i wella, disgynnodd y diferion ar fysedd Gwion. Dododd hwnnw y diferion yn ei geg. Gwylltiodd Ceridwen o weld bod ei swyn wedi gwella Gwion ac nid ei mab ei hun. Dechreuodd hyn gwrs mileinig rhwng Gwion a Ceridwen. Er mwyn dianc am ei fywyd, newidiodd Gwion yn wahanol greaduriaid: ysgyfarnog, pysgodyn, brân, hedyn o wenith. Newidiodd Ceridwen hefyd. Gwrach greulon yw Ceridwen ac mae Gwion yn dianc wrth gael ei lyncu a hithau ar ffurf iâr. Ymhen naw mis, mae Ceridwen yn rhoi genedigaeth i blentyn mae'n ei gasáu am sarnu ei chynlluniau. Ond ar ôl ei eni ac edrych ar ei wyneb hardd, penderfyna ei osod mewn cwrwgl a'i roi ar yr afon.

Yn y dechreuad, doedd ond ni'n dau. Dim ond ni'n dau fuodd byth. Fy mabi bach, gwerthfawr. Roeddwn yn hen fam ac roeddet tithau'n blentyn nad oedd i fod. Roedd bywyd wedi newid ei flas er gwell pan ddoist ti i'r byd. Roeddem ninnau'n perthyn o'r diwedd. Yn gymuned fach ar ein pennau'n hunain ac roedd hynny'n fwy na digon. Pan ddeallais fy mod yn disgwyl, roedd hynny yn sioc, wrth gwrs ei fod. Roedd ceisio a methu wedi lladd fy mhriodas. Ond fe fynnais dy gael er gwaethaf pob dim. Does dim angen iti wybod pwy yw dy dad. Ddaw dim daioni o hynny.

Roedd y tŷ a'r ardd yn anialwch pan gyrhaeddon ni gyntaf. Hen dŷ mewn cwm. Rhyddid rhyfedd rhag prysurdeb y ddinas. Lle i gwato. Lle i dyfu. Lle i gael llonydd. Doedd dim ras i wneud dim, gan fy mod i wedi gwneud yn 'go lew' o'r ysgariad (chwedl ei fam); doedd dim angen mynd ar ofyn neb. Dim angen chwilio gwaith chwaith. Fy newis i oedd dy gael. Doedd arna i ddim angen neb arall. Dim angen dim. Yn y coed mae'n cartref bach ni. Ymhell o fwrlwm ysbytai. Llwybr bach at y drws a gât bren yn groeso iddo. Y borfa'n hir dros hen lwyni rhosod a pherlysiau'n mynnu tyfu drwy'r tagfeydd. Mae drws y tŷ yn bren, a'i waelod wedi pydru, ond gallwn newid hwnnw yn ddigon hawdd. Y ffenestri hefyd. Y pren yn plisgo, pydru, ond mae'r gwydr yn gyfan. Lle llonydd. Lle diarffordd. Lle dod i adnabod. Mae jwg ar sìl y ffenest. Blodau mân ar y ford. Llestri te yn y seld a blas hen fywyd i'r lle. Hen fywyd, sydd bellach wedi gadael ei ôl ar droul y pren, ym mhant y llawr. Cartref. Cofio gweld y lle ar ei waethaf a'i brynu cyn cau'r drws bron. Fel cwrdd â hen ffrind a chloncan fel pe bai gwacter y blynyddoedd ddim wedi bod erioed. Fi wnaeth osod y gegin yn ei lle. Fi hefyd fuodd yn codi'r leino ac yn rhwygo'r hen bapur wal o'i wely. Trwch o bapur di-liw yn cwalo gyda'i gilydd. Pob un yn gyfnod. Fe olchais yr haf i'r ffenestri a gwyngalchu wyneb newydd i'r tŷ. Mae'r tŷ yn awr yn anadlu ac rydym ni'n dau yn rhan o'r celfi.

Mae menywod cryf yn gallu gwneud pob dim ar eu pennau eu hunain. Dyna ddywedodd fy mam fy hun a dyna ddwedais i wrthot tithau. Ond plentyn claf oeddet ti o'r cychwyn cyntaf. Efallai mai am fy mod i mor hen oedd hynny. Yn mynd yn erbyn trefn natur. Yn mynd yn erbyn cyngor call. Cosb hen fam. Dyna maen nhw'n ddweud. I'r diawl â'u geiriau. Fe wnaf fel wy'n mynnu. Chewch chi ddim fy rheoli.

'Gwion. Gwi-on. Gwranda ar lais Mam. Wyt ti'n clywed llais Mam? Wy 'ma . . . fydd popeth yn ôl-reit, wy'n addo. Gwi-on, Gwi-on bach Mam.'

Dawnsio yn y coed mae ef. Coed ei ymennydd. Yn wyllt. Mae'r hen wrach ddrwg yn ei gordeddu, yn ei grogi, ac rwyf finnau'n ddiwerth i'w helpu. Hen wrach gyfrin â'i chrafangau amdano. Mae ei gyhyrau yn clymu. Ei wyneb yn ystum artaith. Codi, gostwng, codi. Crynu. Cwrso sgwarnogod rhwng clustogau cwsg.

Rwy'n sibrwd rhyw weddi wrtho, gwrthswyn i geisio ei ddenu yn ôl.

'Gwion bach . . . gwranda ar lais Mam, alli di fy nghlywed i?'

O afagddu ei ymennydd mae'r artaith yn parhau. Ei bigo. Ei lyncu yn hadau bach o'i enaid claf. Dyw'r tabledi ddim yn gweithio. Dyw'r driniaeth ddim yn gweithio. Plentyn bach ar goll yn ei anallu. Crafangu. Crasfa. Cwrs drwy gors anial ei ymennydd.

'Alli di glywed fy llais i, Gwion? Wrth gwrs alli di.' Rwy'n twyllo. 'Fydd popeth yn iawn ond iti wrando ar fy llais i. Fyddi di'n ôl-reit, fyddi di'n ôl-reit.'

Mae pair fy anobaith yn ffrwtian, ffrwtian. Fedra i ddim goddef hyn am na fedra i reoli hyn. '1, 2, 3, 4, 5,' rhifau yn rheibio. Mae'r ffit yn parhau. Mae'n anymwybodol.

Rwy'n cyfri eto. Parhau i gribo drwy'r rhifau. Cribo ei wallt. Rhaid iddo stopio. Ond nid yw'n stopio. Rwy'n cadw cownt o hyd y ffit. Pa mor hir y bu'n anymwybodol? Dawnsia yntau yng nghoed Annwfn. Dawnsia gyda'r wrach ddrwg. 6, 7, 8, mae ei lygaid yn wyn a'r ddwy gannwyll yn bygwth diffodd. Rhaid ei gael yn ôl o frigau pica cwsg di-gwsg. O'r lled-effro, 9, 10, 11, 12, 13, 14, 15 . . .

'Gwranda ar Mam, Gwion bach. Plis, cariad bach. Gwranda.'

Heibio'r tân brwmstan a chrochan ei benglog. Parlys poen. Poera'r gwreichion poeth drwy ei gorff gan chwalu'r deall.

'Dere at Mam . . . dere at y llais. Gwranda . . . ' Rwy'n ei swyno'n ôl. Ond mae crafangau'r wrach ddrwg yn ei grogi o hyd. Bodola yn ei charchar.

*

Mae gwres y tân yn y grât yn crasu'r tŷ. Rhaid casglu mân goed a'u sychu yn y sied fach ger y tŷ. Yna eu dodi yn bentwr taclus. Un ar ben y llall. Yn wal o wres. Carthenni clòs dros soffa braf a sŵn y cloc yn cerdded. Mae'r llechi hyn yn hen. Dyna oedd apêl y tŷ wrth gwrs. Ein traed mewn sanau yn twymo'r tamprwydd. Carreg y drws hefyd, yn perthyn i gyfnod pan oedd dynion yn ffrwyno'r ffridd. Yn crafu bywoliaeth o'r tir. Yn byw ar fympwy'r tywydd a cholli ac ennill bywoliaeth yn nwrn natur. Rwy'n anadlu'r lafant sych sydd wedi hen golli ei liw. Ei gasglu a'i glymu am fod lafant yn dda i gysgu. Mae'n hongian wrth y pictiwr ar y wal. Dod o hyd i hwnnw yn y sied ar waelod yr ardd wnes i. Hen lun o angel mawr a phlant bach yn dawnsio wrth ei sodlau. Hen lun mewn hen dŷ. Hen fam a hen enaid bach yn gorffwys pan ddylai fod mas yn chwarae.

O ffenest y llofft gallaf weld . . . 'Gallaf weld, gallaf weld â'm llygad bach i . . . rhywbeth yn dechrau â . . . P . . . P!'

'Pysgodyn? Postmon? Nage, postyn, nage, pluen?'

'Ha, ie, pluen, ti'n iawn . . . pluen hen eryr sydd wedi disgyn ar ffens fach yr ardd. Mae'n bluen bert. Mae'r gwynt wedi ei dal . . . alli di ei gweld?' Llais gobaith.

'Fy nhro i nawr . . .'

'Wrth gwrs, Deryn bach, dy dro di sydd nawr, ti'n hollol reit. Fe welest ti'r bluen yn berffaith, yn do fe?'

'Gwelaf i, gwelaf i â'm llygad bach i rywbeth yn dechrau gydaaaa . . .' mae'n meddwl, crychu ei aeliau bach gan feddwl am lythyren fach. 'C. Rwy'n meddwl am C. C. C. C!'

Rwyf finnau'n esgus meddwl. Esgus gweld i ddyfnder ei ddychymyg. Cosi talcen ac ystyried yn hir. Mwytho'r llythyren fach, 'C . . . hmm . . . C . . . beth alle fod yn C? Cwningen?' Mae yntau'n chwerthin boddhad. Chwerthin fel tinc, tincial hen drysor.

'Na, ti'n rong, dim cwningen . . . ' Rwy'n cynnig eto. Ffugio fy mrwdfrydedd fy hun. Ystyried. Anadlu. Cyn cynnig.

'Caeau?' Cais ofer.

'Na, na, dim caeau, na cae, dim C 'na o'n i'n feddwl.'

'Camera?!'

Camera i dy lygaid di ydw i bellach, am nad oedd y tyfiant yn dy ben yn fodlon ar gymryd dim ond un o'th lygaid.

'Ie, camera. Shwt ti'n gwbod? Camera. Ie, camera. 'Na beth yw e, Mam. Ti'n iawn. Clic, clic camera.'

Rwy'n brwcso top ei wallt yn dyner chwareus, chwerthin yn gynnes fel awel mis Awst.

'Gwelaf fi. Gwelaf fi â'm llygad bach i, rywbeth yn dechrau gyda . . . G?'

'G am Gwyrdd.'

Y tu draw i ffenest dy ystafell wely mae yna fyd o liwiau. Rwyf am iti eu gweld, a'u cadw'n gynnes pan na fydd haul. 'Ie, a gwyrdd yw . . . gwyrdd yw . . . '

'Ie, Mam? Beth yw gwyrdd heddi?'

'Ie, Gwion bach, beth yw gwyrdd heddi? Gwyrdd heddi yw dail y coed. Ie, dyna beth yw gwyrdd heddi. Neu lety cwningen. Un bwt. Caeau oedd gwyrdd ddoe. Ond heddi gwyrdd yw'r dail . . . a'r coed . . . a siwmper dy fam ar y lein ddillad.'

'Neu gwyrdd coeden Dolig, ife, Mam, fel coeden

Dolig a thinsel, mae hwnnw'n wyrdd ambell waith, yn dyw e, Mam?'

'Odi, Gwion bach, ti'n iawn ...'

'... a beth arall sydd yn lliw, Mam? Beth arall ...'

Mae dy lais yn llawn brwdfrydedd. Hwnnw â blinder un sydd yn methu gweld a gwneud fel yr arferai.

'O fan hyn, mae'r hewl fach. Ti'n cofio cerdded honno, yn dwyt? Mae honno heddiw yn rhedeg gyda dŵr y glaw mawr, sydd yn frown ac yn llwyd ac yn mynd fel neidr lawr dros y caeau. Wy'n gweld yr afon fach, mae honno wedi gorlenwi ac yn morio dros y caeau fel ...'

'Fel rhywbeth ffast, ife, Mam? Fel ... fel sgwarnog?'

'Ie, fel sgwarnog, ti'n iawn ... ac yna draw pen pella'r cae wy'n gallu gweld y gwynt yn ... yn ...'

'Ysgwyd? Ysgwyd dŵr?'

'Odi, ti'n iawn, mae'n ei harllwys hi, diferion mawr yn ...'

'Tasgu fel tonne môr?'

'Ie, falle ... ti'n un da am dynnu llunie, yn dwyt ti?'

'Ydw, tynnu llunie yn fy meddwl fydda i ...'

'Ie, gwas bach, rheini yw'r llunie gore,' rwyf finnau'n dweud a throi fy mhen oddi wrtho rhag iddo rywsut weld y dagrau yn fy llygaid. Tristwch yn boddi fy nghalon, un diferyn diofal ar y tro.

Mae'n delwi, syllu'n ddisymud i gyfeiriad y drws, ac rwy'n synhwyro bod tro arall ar ddod.

'Blino, ydw ...' mae'n dweud, fel pe bai blinder yn rhywbeth i'w wisgo'n drwm amdano.

'B ... am brown ... brown yw'r pridd a brown yw'r ddaear ... brown yw'r canghennau. Wyt ti'n cofio ni'n dau yn mynd am wâc fach dros y mynydd flynydde 'nôl?

Casglu dail iti gael eu gludo'n llun bach neis i Miss yn yr ysgol?' Wy'n dweud er mwyn cael teimlo cysur cwmni geiriau. Does 'na ddim moddion i hyn.

Does 'na ddim moddion i dynnu'r nos o'i lygaid.

'Cerdded. Ni'n dou, llusgo'n traed drwy'r dail a gweld wiwer yn tasgu o un brigyn i'r llall. Wiwer lwyd a thithe'n gofyn am y wiwer goch a finne'n gweud bod honno wedi hen ddiflannu … rhisgl coed a chymyle du a thithe'n cwyno bod dy ben yn dost eto. Methu gweld. Cymylau yn dy lygaid a storm yn dy ben. Yn blentyn bach. Bach bregus.

'Dere … dere … edrych ar Mami. Mae Mami fan hyn, dere di nawr … gwd boi bach Mam … dere di, fyddi di'n iawn yn y funud … fyddi di'n iawn yn y funud.'

Gwelaf wyn ei lygaid a phoer ei wefus yn crynu. Alla i wneud dim ond gwylio'r frwydr fewnol. Y cledro rhwng cyhyrau.

''Na fe, Gwion bach. Dere di at Mam. Fydd popeth yn iawn, ond iti ddod at Mam.' Gosodaf glustog o dan ei ben i'w esmwytho. 'Shshsh! 'Na ti, gwd boi bach, fyddi di ddim yn hir nawr. Mae Mami 'ma, dere di at Mami. 'Na ti, 'na ti … gwd boi Mami. Gwd boi.'

Does ganddyn nhw ddim ateb. Does ganddyn nhw ddim cysur. Ond fy mhlentyn i wyt ti. Nid rhyw arbrawf cyffuriau. Mae rhai yn dy leddfu am gyfnod. Eraill yn dy wneud di'n waeth. Ysbyty. Cartref o gartref heb ddatrysiad. Profi dy anallu. Mesur dy fethiant. Rwy'n ymddiried dy enaid iddyn nhw, fy machgen bach. Fy nghwbl.

'Gorwedd di nawr, cyw bach, gorwedd gyda Mam, fyddi di ddim yn hir nawr, paid ti gadael iddyn nhw dy gael di . . . paid ti . . . 'Nôl at Mami, dere 'nôl at Mami. Dyna ti. Well yn barod. Well mewn munud. Gwella glou ac fe gewn ni weld yr haul unwaith 'to. Yn cawn ni, Gwion bach?'

Efallai nad oeddet fod byw cyhyd. Dyna ddywedodd y doctoriaid cyntaf. Efallai y gwelet dy ben-blwydd yn dair. Dim mwy na thair. A gwrach oeddwn i bryd hynny hefyd. Yn benderfynol o gario'r dydd. O gredu fy mod i'n gwybod gwell. Pawb yn deall y cwbl. Ond fy mabi i oeddet ti. Fy hen enaid bach. Enaid claf yn dod i'r ddaear am un tro arall cyn dychwelyd at y Bod Mawr. Dy enaid bach bregus fel masgal wy. Dy ben yn bwythau barus. Dim mwy, ddwedais i. Dim mwy.

A dyna pam y dechreuais chwilio am atebion fy hun. Yn y gobaith y cawn ddiwedd ar dy artaith ac y cawn i fy mab yn ôl. I gael dy gryfhau fel cynddaredd.

Wy wedi dysgu lot wrth edrych ar y we. Wyddoch chi bod gwreiddyn sinsir yn fwy pwerus na chemotherapi? Dyna mae'n ddweud. Wyddoch chi fod modd i sudd betys wella'ch afu, bod modd i dyrmerig wella iselder? Garlleg. Garlleg, rhywbeth mor ddinod â hwnnw, yn wrthfirws ac yn wrthfiotig. Kefir. Kombucha. Y cyfan o natur. Bwyd i'r enaid. Wyddoch chi fod llosgi saets yn gwaredu ysbrydion drwg? Byddai'r Indiaid Cochion yn credu bod gan natur yr ateb i bopeth. Wyddoch chi hynny? Rhywbeth sy'n fwy na dyn. Natur sy'n creu a difa. Yn lleddfu ac yn llorio, ond ichi wybod pa ddaioni sydd ymhob dim.

Wy'n darllen bod yr ymennydd wedi ei wneud o filiynau o gelloedd. Celloedd fel carchar nad oes modd cael rhyddid oddi wrthynt. Nerfau, fel coridorau yn saethu'n drydan drwy'r corff. Rwy'n darllen. Ymchwilio i ddüwch fy anwybod. Maen nhw'n gyfrifol am bob syniad a synnwyr. Pob peth. Celloedd. Nerfau.

Os oes unrhyw beth yn amharu ar un o'r llwybrau trydanol hyn, gall arwain at ffit. Mae rhai plant yn datblygu ffitiau o ganlyniad i niwed ar yr ymennydd. Gall hyn fod o ganlyniad i niwed difrifol i'r ymennydd, problemau wrth eni neu haint.

A dyna ddechrau arni. Gwneud yn lle gweddïo. Gofyn am help a'i gael. Siarad â ffrind i ffrind sy'n 'defnyddio' er mwyn lleddfu poen. Er mwyn tawelu'r trobwll o gyflyrau nad oes dim i'w hachub, ond cyffuriau cyfreithlon, nad ydyn nhw'n gweithio. Fe wnes edrych ar YouTube hyd yn oed. E-bostio. Deffro bob awr o'r dydd a'r nos ar ras i bocedu rhyw fath o obaith.

Mae digonedd yn gwerthu wrth gwrs. Ond mae hwnnw'n frwnt ac yn llawn gwenwyn. Wrth ei dyfu fy hun, gallaf wybod yn iawn beth sydd yn ei ganol. Cyn ei ddanfon at ffrind i ffrind i fesur ei burdeb. A dyma ni. Yn y coed fel Ceridwen gynt. Yn tyfu'n gyfrin i roi gallu i'm mab bach fy hun. I'w ryddhau o garchar ei ymennydd.

Gwrach wyf fi. Fel côr o fenywod sy'n deall swyn. Hen fenywod cas yw gwrachod bob tro. Hen fenyw i'w boddi a'i chlymu'n ddu mewn hanes. Dyw dynion ddim yn ddrwg. Ond mae menywod. Dynion sy'n dweud wrtha i mai'r unig driniaeth iddo yw ei lanw â rhyw gyffur, nad yw'n gweithio. Neu agor ei benglog unwaith yn rhagor er mwyn cael gweld y tu fewn.

Fe ymchwiliais am flwyddyn gyfan hefyd. Darllen a phori ac edrych am driniaethau tebyg yn America,

Canada hyd yn oed . . . triniaethau cyfreithlon. Ond nid fan hyn.

Troi yn erbyn cymuned feddygol. Troi 'nôl at natur.

Hedyn bach du. Deffra o drwmgwsg ei sychder ac ymestyn yn goesau, yn wreiddyn. Teimla wres a choglais y gwlybaniaeth oer dros ei gragen ddu. Rhaid tyfu. Ymwthio drwy'r plisg. Gwasgu drwy gyhyrau'r pridd a bwydo arno. Ac mae'r gwreiddiau yn ymsuddo'n gynnes i'r pridd. Gwres. Mae gormod yn waeth na dim i ambell un, ond dim hwn. Mae hwn yn dwli ar wres. Un ddeilen yn gyllell drwy'r pridd . . . ac yna un fach arall yn bartner iddi. Gwres a dŵr a llonydd. Mae'r purdeb yn bwysig, chi'n gweld, yn hwnnw mae'r moddion. Mathau gwahanol o'r un planhigyn. Rhai yn dda am un peth, eraill yn dda am rywbeth arall. Rwy'n gadael iddo dyfu. Mwytho'r dail. Bwydo'r pridd. Rhaid iddo dyfu. Rhaid iddo. Rhaid i minnau ddeall ym mha le mae'r daioni. Casglaf y dail a'r blodau, eu sychu a'u dodi'n barod. Cyn hidlo'r hud ohonynt.

Mae'r blodau ar y ford wedi hen wywo. Rwy'n codi'r coesau claf a'u drewdod yn llanw'r gegin fach. Af am ddrws y bac a'u taflu i'r borfa. I bydru yn y pridd. Rwy'n llanw fy ysgyfaint ag awel fwyn y gwanwyn, fy nghorff yn flinedig, yn fwrn. Tynnaf fy llaw ar hyd fy ngwar, cyn codi fy sbectol oddi ar fy nhrwyn. Yna ei hailosod. Syllaf ar yr adar yn y coed. Eu gweld yn llanw eu boliau â'r hadau mân ar y bwrdd pren. Ac rwy'n llefain. Llefain y glaw am ei fod ef yn dechrau gwanwyno. Un cam ceiliog ar y tro. Dim ond un cam.

Maen nhw'n ein galw ni'n wrachod. Gwrachod. Fel rhywbeth o'r coed. Fel rhywbeth gwyllt sy'n eilradd iddyn nhw. Am fod yn fenywod â'u barn eu hunain. Menywod fedrwch chi ddim mo'u dofi. Menywod sy'n medru ffrwyno natur a dysgu wrth y dail. Nhw barchus. Nhw sy'n byw rheol a'i chreu i gaethiwo pawb arall. Fe ddown nhw fel dynion Salem gynt. I herio fy hawl i'th wella. I'th dynnu oddi ar eu triniaethau nhw. I grogi'r gofal a llabyddio pob llawenydd o'th weld yn dechrau deffro.

Rwy'n gadael iddo ddigwydd a chyfri'r munudau tan iddo ddod i ben. Mae'n bwysig fy mod yn cyfri. Pe baen ni'n fwy na ni'n dau, yna byddai'n haws mae'n siŵr i rywun arall gyfri, tra fy mod i'n ceisio dy dynnu'n ôl. Yn ceisio dy dawelu. Rwyt ti'n crynu drwot. Dy geg fach yn gam ac yn dynn. Dy gyhyrau'n cloi a'th lygaid yn wyn. Lle wyt ti bryd hynny, dwi ddim yn gwybod. Rhywle tu draw i'r caeau a'u lliwiau? Tu hwnt i'r cymylau efallai? Rwy'n gosod y moddion o dan dy dafod, ei wasgu'n dyner a rhwbio dy foch. Ei gael i suddo drwy'r croen. Ac rwyt ti'n llonyddu, yn llonni. Diferion drud yn dofi'r dymestl.

'Gwi-on, Gwion bach ... dere at Mam ... 'na ti, 'na ti ... ti wedi neud hi eto. Ti wedi neud hi.'

Mae'r storm yn pasio ac mae dy gorff bach yn llacio. Rwy'n codi dracht o ddŵr i'th wefusau ac ailosod dy ben ar y gobennydd. Rwyt tithau'n cydio yn fy llaw a'i gwasgu'n gynnes, ac mae'r stormydd cyson yn graddol ddiflannu. Un wrth un, wrth un. Fel diferion o geg pair.

*

Mae'n eistedd o flaen y tân, yn chwarae gyda'i ffon. Ac rwyf finnau'n torri'r crwst o'r brechdanau ham.

'Alla i ga'l crisps, Mam? A *squash* ac i bwdin wy moyn treiffl bach.'

'Galli di ga'l beth bynnag ti moyn,' wy'n chwerthin, yn falch o'i weld yn gwella.

'A wedyn, beth am i ni eistedd yn y drws ffrynt yn watsho'r glaw yn dod lawr?'

'Os mai dyna beth wyt ti'n moyn neud, wel . . . '

'A galla i ga'l y garthen fawr, a galli di ga'l y garthen fach, ac agor y drws ffrynt, jyst digon i deimlo'r gwynt yn wlyb. Ond fyddwn ni ddim yn wlyb. Fyddwn ni'n dwym ac yn hapus tu fewn, yn byddwn ni, Mam?'

'Byddwn, cyw bach, fyddwn ni'n dou yn sych tu fewn gyda'n gilydd.'

'Dyw 'mhen i ddim yn dost ragor, Mam, wy'n gwella, dydw i, Mam? Mam? Wy wedi gwella . . . '